裡外的自己.
是不同的兩个人。

男人都想好一点
女人都要靠得住

许常德 著

中年男人地下手记

湖南文艺出版社
HUNAN LITERATURE AND ART PUBLISHING HOUSE

图书在版编目（CIP）数据

中年男人地下手记/许常德著.—长沙：湖南文
艺出版社，2011.5
ISBN 978-7-5404-4829-5

Ⅰ.①中… Ⅱ.①许… Ⅲ.①情感－女性读物
Ⅳ.①B842.6-49

中国版本图书馆CIP数据核字(2011)第031011号

上架建议：情感·文学

中年男人地下手记

作　　者：许常德
出 版 人：刘清华
责任编辑：邓映如
整体监制：刘　丹　　吉　吉
策划编辑：童丽慧　　谢　谢
营销支持：欢　莹
插画作者：陈砚詠
版式设计：风　筝
封面设计：韩　捷
出版发行：湖南文艺出版社
　　　　　（长沙市雨花区东二环一段 508 号 邮编：410014）
网　　址：www.hnwy.net
印　　刷：北京京都六环印刷厂
经　　销：新华书店
开　　本：32
字　　数：150千
印　　张：9.5
版　　次：2011年5月第1版
印　　次：2011年5月第1次印刷
书　　号：ISBN 978-7-5404-4829-5
定　　价：29.80元
（若有质量问题，请直接与本社出版科联系调换）

目录

自序
这不是一本中年男人指南
是被罐头化的男人书写陈年矛盾

手记一
男人都想好自在　女人只要靠得住

手记二
是的，我已婚

手记三
外遇这个东西

手记四
第二个人生

手记五
看得太少的人请闭嘴

手记六
你会一直爱我吗

自序

这不是一本中年男人指南
是被罐头化的男人书写陈年矛盾

谁会看令人讨厌多过喜欢的描写中年男人的书呢

也许这世界就只有你在看

也许我就只能告诉你

不要再靠男人了

这就像一进餐厅就塞给你套餐券一样

不能点自己喜欢的东西吃

长期以往

就会忘了自己渴望的滋味

怎样的负责才能更显轻松也让别人满意

怎样的稳重才不会僵硬做作且悠然自在

打开罐头

新鲜是唯一没有的东西

里头都是为了满足不安全感而有的囤积物

味道都一样

一样都要事业强责任感高爱家爱孩子·爱社会爱国家爱地球

永无止尽地扛着自己都不擅长的事

边做边学边忍

从犯错知道人性

从压力看到本质

从中年透视青春

如果我们可以给下一班即将上任中年男人的年轻人一些提醒

不要给中年男人订分数

不要先入为主的鄙视

这本书没有要忏悔

没有要为什么行为合理化

能不惊动真实情境的报导是主轴

男人真的很多种

而且多数不能以真面目示人

把男人简单归类为一种
就是在逼所有男人做假

让男人做自己
最难说服的可能还是男人
因为罐头化后就很难有原味的风貌
失了原味的男人

对的
就是我
就是躲在灵魂地下室书写陈年矛盾的老花男人

手记一

男人都想好自在，女人只要靠得住

男人要的是自在，是快享用的

B▽01 大男人

大男人其实不好当
没有说内心话的朋友　责任占去他所有的时间

十几年前一部电影《袋鼠男人》向大家预告

男人是可以怀孕的

六年前新闻传来美国有位男性真的怀孕了

虽然他是变性男人

昨天报纸头条说

荷兰男人普遍坐着小便　日本和德国也很流行

男人真的越来越不像传统印象中的大男人

很娘

越来越多男人拥有大量保养化妆品

可以当家庭主夫

也可以正大光明靠老婆养

爱男人或爱男爱女都可

而且数量惊人

眼见日渐式微的大男人不知如何从大舞台风光走下

世界又掀起一股消灭大男人潮流

为何大男人这么令人想消灭殆尽

他们到底有什么讨厌的个性

大男人就是一切以他为尊

即使他的脑袋可能只是一堆屎

不认错

不能哭

甚至不考虑这个男人不想也不适合当大男人

这个世界大多时候都要男人当个大男人才算男人

以上的特征拿到这时代的人面前

就算你不觉大男人不好你也不敢明白表态

可我们还是不能完全抹煞大男人的存在

因为供需的关系

有偏爱大男人的群众

就不能忽略他们的价值

有些大男人就是可以娶三妻四妾且和谐共处

这样的男人真的好过连一个太太都处不好的男人

大男人其实不好当

要能撑住场面

要能压抑情感

长期板着脸孔的人生

与家人关系也变得僵硬

没有说内心话的朋友

责任占去他所有的时间

把自己变成机器人才能让他保有持续的威严

然而这样的人的另一面往往脆弱又单纯

他的骨子里也是想依靠的

依靠他打拼出来的依靠

越老会越慈祥

大男人都有终老子孙满堂的晚年梦

为了实践这个梦

没有财产是办不到的

妻小长年在他的淫威下累积了许多不满

跟他保持距离是免不了的

没有更多的利诱他也不看好他的晚年会有子孙在侧

大男人慢慢会变成风格独具的小群体

就像现代人迷上希特勒一样

新一代的人会轻松看待历史

这种男人有复古的味道

做作但有型

生硬却温暖

给的真情虽是真的

很快就会怀疑

那么多迷人的缺点

不是凡事都懂得尊重女人的男人可以办到

因为爱情需要的是禁锢

而非自由

B▽02 好男人

恋爱中的人什么都觉得好

怎样才是你心目中的好男人

就像去理发厅剪发

大多数的人并不能明确地指出要怎样的发型

在选择好不好以前

该想想自己喜欢怎样感觉的男人

喜欢一个男人跟想和一个男人长久生活或结婚是两回事

没有当一回事的一想再想

没多翻翻发型杂志没多看看别人怎么搭理

你就不会好好想过这回事

然后你坐到店里只能跟发型师说：我想剪一个张曼玉的发型！

但理发师总是说一般人觉得自己想要的发型却没想过适不适合自己

于是自然卷的头发因过长而失去原本的特色

于是半长不短的头发让他的圆脸更圆

只是男人不能像发型说变就变

一般对好男人的好都是摸不着头绪的

今天好不见得保证明天也好

如果不能样样求好那排行前十名的好你可有列过

或者该先思考哪个是你不能没有的好

甚至想万一这个你一定要的好没有了该如何是好

想多了就慢慢清楚你想要的大概是什么

不想头脑才易打结

真的多想就可能成为专家

这不是天气预报的测验

也不是大学联考的考题

这是要你多多重视你的感觉

免得头洗下去后才发现自己对洗发精过敏

大多数人都把好男人的定义放在让你过好日子的条件

收入要稳定

不能负债

不能是花花公子

要对家人甚至父母用心照顾

不可暴力

不可有不良嗜好

身体健康

尊重女性

愿意把财产和自己分享最好能交给自己掌管

但这些在不敢于婚前讨论婚后变得只能期待

没有法律的保障

又不肯放下这些可能泡汤的希望

这样的好男人到底能有多少是能属于你的

不能独立

把结婚当做一场生意来看

碍于感情和责任的原因

女人只能永不放心地依靠在她自己造的梦上

这就是好男人可能会慢慢变成坏男人的转折点

男人久而久之就会对这种隐隐约约的不被信任感到难受

难受自己竟然只剩下灵魂以外的东西被重视

男人的好

若不给你也白搭

好不是用期待得到的

它必须透过勾引或鼓励或明说

最高竿的方法就是让他有默契到能给你想要的好

不要弄到让男人把好当做是赔罪用的

只是人都是爱上一个人之后才开始想要他的好

所以事后危机处理的情况只能算是补救

既然男人的好是时有时无

不如专心在让自己好得令人心痒痒的

以魅力赢得别人对自己好你才会骄傲满意

不是吗

当然反过来

男人要的好女人也不该求

先把自己搞好

真正的好男人好女人是会让对方做自己的人

而且绝对不会给人制造麻烦

找到好的并不难

恋爱中的人什么都觉得好

B♭03　烂男人

病态又危险的爱　能养出一个不可思议的烂男人

又一件法律纠纷
但媒体一揭露就归类成两性的老问题

事情是这样的
一位熟女为了男友盗用公司财物
高达一千多万台币
尽管男子家中非常富裕
案子爆发后男子却不承认他是她的男友
给他的钱辩称是投资所需
怎么是骗呢

媒体上有关讨论此案的座谈节目

都把矛头指向这个烂男人

认为他又缺德又会骗又无肩又没钱

但我感到疑问

第一　身为公司财务盗用公款就是知法犯法者

　　　不能拿任何借口来搪塞

第二　一而再　再而三盗取　可见这位女性并无悔意

第三　拒绝或停止再盗的理由很好找啊

　　　像被老板盯上之类

这么一无是处的烂男人在家铁定也被视为无能

才会家中那么有钱自己却常常没钱

这么蠢的男人能骗一个搞财务的人到什么地步呢

除非这位女性是犯了非爱不可的瘾

才这么昧着良知偷人财物来延续苟延残喘的关系

没有失去理智下定决心的推手

这么烂的烂男人能有什么作为

可大家都对这位女性投以同情目光

好像只要为了爱

再盲目再触法再冷血都情有可原

这样等于鼓励生病的欲望随意发情

这样等于同意女性往更黑的地狱沉迷

一份病态又危险的爱

不旦会让自己持续轮回在苦海

还能养出一个不可思议的烂男人

这种爱最大的能耐就是不到尽头不放弃

特色则是看不到他人立场的自私

当然这种人的愚蠢也是深具创意

她们总是不说话

你怎么关心她也不说

当大家都把她的沉默解读成忍辱时

她的心底有可能是一点都不在意

因为身为这么烂又不断闯祸的男人女友

她最熟悉的就是帮他收拾残局并得罪所有亲友

她不会在第一时间就盗取公款

她一定是因亲友都借光了才想到这头上来

所以被众人劈头骂已不算什么

冷漠是她这一路上的冲撞所学到的态度
不然这烂男人的末日不会拖到今日才到来

不是要大家原谅这个烂男人
是不该让这样的烂男人有机会变成她的男人

B▽04　叛逆中年男人

成就一件以前男人绝不会做的心愿　那就是叛逆

造了大半生的业

这个年纪大概是要收拾残局的时候了

不管是外遇被抓还是外遇被骗

不管是突然领悟还是何必领悟

不管是身体僵硬还是人性僵硬

不管是要走下坡还是总在爬坡

没有累积足够的矛盾和病痛

没有千山万水的辛酸和骄傲

这账就没什么好算

算

是为了成就一件以前男人绝不会做的心愿

那就是叛逆

很多人都误以为当个成熟男人多么风光

以前那些最为人称羡的政府官员　医生　富豪们

高收入高地位

但他们的人生虚伪指数也相当高

他们不一定会想一夫多妻

但社会给他们一个很变态的期待

就是没有包小老婆没娶二房的医生

要么就是同性恋

要么就是没钱

即使这些人读到大学了

一个旧时代伤害人心的集体价值还是能让这么有反击力的人

一点抵抗的勇气都没有

他们不但没有抵抗的勇气

还用力地奉行这些准则

这其中需要的人性扭曲和怜悯放弃

全家没人能幸免

很幸运在今天这种该受天谴的价值观已大大减退

至少不敢在公众处大声嚷嚷

但

这只是冰山一角

还有很多不人道的过时观点在横行

以我的经验来说

人在被这些传统的价值牵掣时

是不会有自觉的

那天在一个节目上

听到一位跟我年纪差不多的艺人说

他对孩子的教育有一个坚持

就是要将优良的传统传下去

我立刻反问：哪些是优良传统

他说：比如我会要求他跟长辈谈话一定要用"您"，比如生日那

天，要跟妈妈磕头，那天是母难日，要他记得妈妈的伟大

我再问：要是他不从呢

他毫不考虑地说：我会给他一巴掌，这点我不会妥协

这位爸爸其实是很爱孩子的爸爸

他出身在京剧世家

难免有很多家规

但京剧教育在如今已出现很大的改革了

不能打

不能辱骂

所以我给这位爸爸一个建议

以前我们对于长辈给我们的提训

我们是不会问为什么要这么做

但现在的教育告诉孩子不要死读书

你若不能告诉他们这么做是为了什么

或是不去听他们提出的疑问

你的孩子在心里是不会服你的

时代真的不一样了

你不改变

你就会强迫别人就范

许多优良传统之所以传不下去

就是被你们这些令人反感的方法搞死的

男人对家的责任和女人对孩子的爱一样容易过度

扛不起来也要扛的心态非常危险

靠的都是蛮力

所以为了避免卫道人士见缝插针

我们先来给叛逆一个定义

有耐性地听听没听过的观点

即使你不同意

都要尊重别人的观点

这是哪门子的叛逆

我相信很多人会这么反问

对于中年男人来说

他们的呆板跟他们的性能力一样地起伏

他们的观点也许在毕业后就没更新过

生活里只有钱和寂寞这两件事

他们的困顿和狭隘是一家之主的身份造成的

明明不擅指挥却拿到了指挥棒

明明喜欢简单却卷进两个大家庭

有很多中年男人之所以给人不知变通的印象

跟他们太相信制服有关

他们大都是很听话的军人

穿着　娱乐　感受　心灵

都非常制式化

从不在乎非常自我的需求

能求全能牺牲能转弯

要外观保持不变但内心大幅改变他最行

这真是他可爱又可恶之处

越活越像个旧款的活道具

只是在点明这个人是那个时代的一款坚持

B▽05 坐马桶小便的男人

虽然有点娘
但大部分女性都认为此举无损该男的魅力

新闻报导说德国和日本的男人流行坐着小便

颇获女性好评

原因是坐着小便会让马桶比较干净

虽然有点娘

但大部分女性都认为此举无损男人的魅力

甚至有加分作用

最后主播还特别介绍有个国家的公厕大都没立便池

这个国家就是荷兰

荷兰男人很爱干净

他们坐着小便的历史很长了

看完这个新闻

我立刻打电话给K

"你终于可以正大光明地坐着了！"

K在好多年前就被他太太到处公布他是坐着小便

很多太太在八卦丈夫的私密时

都自以为这是她向世人宣告她和你是亲密的合法爱人的最普遍方法

这真是无法让男人信服的烂理由

这根本就是大嘴巴

踩着男人的头来得意洋洋

我想很多朋友都是带着同情的表情默默回敬K

不过K表现得很平常心

他总是耍赖地微笑着

保持风度

自我调侃

听完我的新闻转载

K像是为了配合我而笑了

他说他会要太太给他买一双LV便鞋当做贺礼

这个笑话还真冷

我不得不匆匆结束这个话题

我想K应该接了无数通这类的电话

他回答到疲累了

唉

连我都会这样做

B ▽ 06 男人都想好自在
女人只要靠得住

总是不自在才取名好自在　要一换再换才叫做靠得住
原来所有的寄望都来自不满足

男人没戴过卫生棉
但也渴望好自在

只是自在不易得
靠也相当难靠
这两者之间的差异
是因为什么而形成的呢

是因为性别吗
还是男女的心里想的是同一件东西

或这是双方都不知自己要什么也不知对方要什么的结果

想要自在的人一定是因为已经不自在

男人的不自在有一部分是自找的

比如外遇搞到他不自在

比如和另一半冷战无解

比如一直被另一半逼钱

大部分男人在走进一段确定的感情关系前

跟女人一样充满幻想拒绝预测未来

因为他的逻辑是先命定这关系是一定要有的

所以当遇到问题他就只能逃避并且认命

这也是他往后若要自在就只能循外遇一途的原因

没办法把关系弄自在一点

才会冒着风险在外头弄一个自在

只是在观点不变的情况下

外面那个自在很快就变得像家里一样的不自在

另外剩下的不自在则可能来自这个世界的诸多框框

他的另一半只是这框框内合力要把彼此框进去的人

所以另一半就变成他唯一可以抱怨和推责的人
毕竟这个框框是他们一起立誓并走进法院公证的未来生活蓝图

不自在又无能为力改善又不敢和全世界承认的结果
他不是绝望就是隐藏不满足
而这两种情绪的尽头可能就是做一个表面的好伴侣

会不会大家对自在都误解了
把自在讲得像是要乱搞似的
男人要的自在
其实是想去掉不自在但又不得其门而入
所以也许只是希望另一半不要疑神疑鬼
也许只是怀念单身时不必向谁报备几点回家的轻松
也许是不想跟谁解释刚刚打电话来的是谁
也许这个自在也是女性想要的
想要舒服地靠在对方的心中片刻
感觉那颗心还在不在而已
不是要对方做什么改变或分分秒秒在一起
那些女性普遍要男性做到的事情

也非女性心里所想

怎会所有女性要的都一样呢

所以这个让男女都不自在的凶手也许就是这个制度

它不仅强丢套餐给我们还催眠我们要喜欢

人在婚姻里的过度索求就像开车时的反射动作

这是有长远历史的

要钱要心要人要一生

要的嘴脸始终难看

也没见哪个朝代有人抗议

大家都这么做也就没有理由地跟着错

都什么时代了

你还甘心屈服于一个让你矛盾活着的想法

你不幸也不难想象

自在的对岸也许是依靠

没有一种绑架比依靠更心甘情愿

你绑架了自己然后靠在别人身上

被靠的人久了一定想挣脱

不想挣脱的人可能是因为认定坚持到底能带来荣耀

因为接受人可以依靠别人一生想法的人

在乎的是别人的期望

而不是自己或你想共度一生的人

明知不可为而为之说的可不止是坚忍不懈

还可能是指眼高手低的人

把人心想得太丑陋

才会骗自己骗到失去理智

没有谎言

哪来真相

有了依靠

就想依靠

依靠一直在防漏的人生

就像好自在和靠得住这两家卫生棉品牌

因为戴上总是不自在才取名好自在

因为总是要一换再换才叫做靠得住

原来所有的寄望都来自不满足

B▽07　虫与龙的变身术

突然他就变成一条龙　巨大　还会喷火
他完全不在意这狭小的家经不起太大的震动

嫁给这种人我早就提醒你要懂得保护自己

因为你选择了最脆弱的生存方式

即使这个人一无是处还拖累下一代

你跟着他就是说明你是个比他还次等的人

他唯一的舞台就是在家上演变身术

像超人走进电话亭就会变身一样

看一只虫走进屋里的那一刻起

长大　长大　长大

像夕阳把影子拉长一般

突然他就变成一条龙

巨大　还会喷火

他完全不在意这狭小的家经不起太大的震动

震　震　震

他仿佛回到他的巢穴般

把外人对他的颐指气使倾泄在家人身上

这是他人生中唯一能帮他扳回一城的奋斗

我也试想过你的处境

其实你也不是没有收入

你只是拖着几个可怜的孩子

到处以乞怜的方式得到一些零工

比如帮邻居打扫　到商场发传单

不然凭你那位没有收入的老公你如何过活

可还是没把你吓跑

这或许是你的问题

没有起码的生活标准

任意降低至失去尊严地活着

你最要不得就在于你还让孩子跟你这样过

很坏的示范

我更想过那条虫的处境

或许他跟你一样犯了脑残的疾病

这个家对这男人其实没什么好留恋

又没工作又不爱跟孩子相处

对你的辱骂有可能是在暗示你怎么还不滚啊

既然他帮不了你什么给不了你什么

他都这样伤害痛恨你

他怎不用这力气与狠劲离开你

可见他也很变态

你们是半斤八两

最后我再跟你说一次

龙走出家后的处境是你该记住的

他当然又变成一条虫

他为何还是会回到看不起他的世界

为何呢

为了那个充满奴性的内心深处的一种渴望

渴望主人的羞辱

B ▽ 08　迷路的男人

我们都在当初的出走中迷路了　这不是谁的错

要不是因为追寻

他不会离开这个"家"

家对中年男人而言就是个堡垒

让他和他成天出入的现实世界有个区隔

他不一定爱待在里头

但那是他心里的秘密基地

这基地有他长年奋斗的痕迹

由于负担过重期望过高

他一面警告自己别像全世界男人都会犯同样的错那样

一面倾全力扛起他承诺给家人和外人的礼物

在那体力过剩机运亨通的壮年时期

一旦从婚姻之门展开护城建城之路

他就面临道德的高标检视和男人壮年之后的欲望诱惑

这欲望是性　是事业　是人性　更包含了命运

男人当兵前后最大的差异

就是穿上制服

那一身代表护卫代表牺牲代表责任的符号

尤其是身在奇装异服并存的世界

更显得崇高与严峻

崇高是因为有很多戒律

严峻是因为没几个人能通过考验

此时我们要讨论的制服就是"丈夫"

不能外遇

不能不负起家庭的现实支出

不能不照顾孩子

不能失业

不能负债

不能夜不归营

不能暴力（肢体或言语或计谋）

不能性无能

不能花天酒地好赌沉迷荒唐事

不能冒险（就算是拍电影）

不能懦弱

不能……

男人和女人一样

在想这些"不能"的戒条时

参考的都是社会的期待和自己的猜想

从未认真地向女性询问

所以误解是所有中年男女关系最大的问题

他们对彼此的认识都非常的制式化

当感情变成双方剪不断理还乱的时候

共创一个外人都满意的和谐

就成了往后努力的目标

说得好听一点是爱情升华至亲情

说穿了是亲情谋杀了爱情

这爱情也非以往的爱情

是一种放下现实的梦幻之旅

如同穿越沙漠

总在渴望至极时看见海市蜃楼

那种想见却不得碰触的遗憾

并非要外遇

而是感伤自己面对另一半的感情

怎么毫无办法启齿任时光自眼前流逝

于是在每个出门上班的路上
或是在每天下班后的归途
重复着一条"我就这样过了一生"的老路
称称口袋的银两
看看那些向他招手的情色广告
一些大哥们的慷慨带路
办公室的恋情
人生某个角落的偶遇
连续剧和社会新闻不断推出感情症状
不论是主动被动意外或有意
迷路仍是已婚中年男人最大的挑战
这挑战的重点不是迷路这件事
而是迷路后的危机处理走向

沉迷于追寻
寻的不一定是感情
有可能是电影
有可能是投资股票
有可能是宗教修行
但不管是哪一种
只要另一半感到痛苦与折磨

这都会变成你追寻的阻碍

这就是婚姻给人最大的一种考验

所以有很多迷路会在一开始就隐藏在地下

如新人般开始一连串的探险与应付

应付预知与意外的状况

尽管不断有人登上版面警示世人

尽管欲望一直牵着自己的鼻子走

尽管男人总是搞不清到底勇于追求自己想要的比较好

还是做个洁身自爱的榜样比较屌

这趟迷路会让男人发现很多人性的新视角

原来妻子不是原来的妻子

原来情妇不是原来的情妇

原来欲望不是原来的欲望

原来自己不是原来的自己

原来追寻的过程很可能是一幕幕让自己目瞪口呆又不能声张的后悔

莫及

如果这男人是有脑袋和有良心的人

他不会让自己认命

也不会死硬地要下一代也跟他犯同样的错

他该想是什么压力让他没法跟另一半说心事

他该问是不是从不知要追寻什么才如此空白

迷路是因为不知去向何处还是不知归途

也或许解决迷路之法必须先跟自己承认

"我　为　什　么　在　这　里"

"这　里　是　哪　里"

这个秘密基地是不是迷路的其中一站

因为这个男人从来没问过自己为何要成立这个家

当初的爱和承诺与这个家其实是两回事

就像买一栋房子和装潢一栋房子是两个不相干的事

我们都在当初的出走中迷路了

这不是谁的错

这是从我们祖先一路对婚姻都不细想不细问的共业造成的结果

当有人说：男人因为坚持追寻，所以难免迷路。

你若直觉反应这是在为男人的外遇或劈腿找借口

这就是很单一的把男人的迷路都归咎于老二不乖的问题上

但真的是这样吗

想有一个人说说内心话的渴望

想独处

想不再讨论那些没法公平理性沟通的陈年议题

想说自己真的做不到对方的期待

想很简单的关系

想和别人谈短暂的恋爱

想试一些SM的性爱

想转业

想追梦

这些"想"女性也想过

但女人会以家和孩子来取代

男人则是帮助女人完成这任务

所以说大多数的男人是没有目标可言的

连迷路都不是他们的决定

他们都是循前人那几种模式毫无创意

生活在这样的安排下变得苦闷乏味

大家却认定这就是人生的滋味

在人生这个大标题前谁能不无奈

于是男人们都毫无抗拒地接受了

为何谈到男人的迷路会被认定是感情上的外遇

这会不会是女性不能接受感情外遇而放纵其他的迷路

与其在乎你的男人外遇怎么办

何不承认这个担心跟担心今天是否下雨一样多此一举

你能怎么办

如果你别无选择

最坏的状况是你对他从此怀疑却不想跟他分离

他迷路

如果你那时还离不开他

把他引回家

记得这时的迷路者的心情总是忐忑又需要拥抱的

那些委屈的泪水请你吞回去

爱　没有包装　是卖不出去的

这时的礼物会让这男人羞愧和感觉温暖

女性只有这样的高高在上　男人才会甘心臣服

这绝不是低声下气

这是高招

以上言论在本世纪后

已婚男性女性都适用

这显示女性已越来越独立

而且更深一层感受到迷路的妙用

B▽09　男人想：女人就是个……

女人就是个假　太相信虚幻就会慢慢不自觉地假

有时候

男人就是想骂娘

就是觉得为什么连芝麻大的小事都那么烦啊

有理说不清

有理不会说

有理又能怎么样

有时候

他觉得女人就是个鬼

尤其当她们在义正辞严地数落男人总总不是的时候

那时男人心底就会有个阴魂不散的回音传出来

"你 滚 吧 如 果 我 那 么 滥"
他找不到什么词汇反击
谁教他平常连爱情电影都不看
不服妻子的指控
也说不清她哪里有问题
这就是被两套标准混淆的男人困顿
妻子一再提醒他当初的承诺婚姻的圣洁与她是多么辛苦
他则想安安静静走到阳台告诉自己怎么保存妻子的童话
一个是以法以理以情以道德
一个是以血以肉以心以欲望

没交集又不在乎的原因
是两人都有不离婚为前提的考虑

绑得一点弹性都没有的人生
爱原来是一种让人迷恋奴性的魔法
从被主人独占走向独占主人的迷宫
既是操控者也是被操控者
避开遇到绝路的诀窍就是持续迷路
让彼此相信一个不存在的平衡

一个高道德高圣洁的仰望迷途

把自我的灵魂挂在那孤独又凄美的旗帜上

没有一兵一卒

也看不到敌军

战场是如此生活

平静是如此反常

曾经拥有的江山

如今缩小成责任扛在肩上

于是他又觉得

女人就是个假

太相信虚幻就会慢慢不自觉地假

她们追寻的专一　永恒　幸福　责任

都是高难度的任务

而且多半不是她们所能掌控

把生存放到这样的期盼

即使得到全世界最棒的妻子大奖

也不能保证她的另一半想跟她终老

所以大部分的妻子并不自觉自己其实是比男人还不实际

她们把自己放进了一个危险的童话丛林

拿着没什么威吓作用的道德木杖

戴着不利于做家事的婚戒

永远都怀疑老公会外遇

因为她不会以为外遇是两个人都要负责的问题

她认定外遇就是她的男人和外面那个女人连手闯的祸

她怎么有问题

她还会指着男人的鼻子说：没法专一爱一个人到永远就不该结婚！

大多数的男人都认同她说的这句话

但心里却有另一个声音

谁在结婚时就清清楚楚明白往后会遇到什么考验呢

会不会导致最后两人要离婚的原因是她外遇呢

会不会是有人吸毒成瘾

会不会是生意失败

会不会是我们都不想跟对方继续下去

不给自己的未来有认错承认不适应的可能就很假

还有

女人就是个有理说不清

不说还不行

试想热恋男人每天还要烦孩子的学费岳父的生病及漏水的屋顶

不会觉得感情很快就会被消灭吗

但我们的传统我们目前的世界

大都不许人们深思婚姻带给人的过度负担是不是感情的杀手

生活质量看似丰富其实很贫乏

都是表面的

就像参加旅行团旅游

花了太多时间在购买廉价的昂贵观光品

贪多几个行程

弄得每天多花四小时搬行李换饭店

真正要参观的主体则匆匆忙忙拿来当拍照的背景

多久了

生活毫无闲情逸致

有比漠视这事更无理的事吗

发泄发不出

不全是她的责任

两个人一开始就订制的大梦

当然要两个人一起来收拾

只是谁又能先明白把梦缩小到我们能轻松扛起才是王道

女人就是个……

什么呢

有些女人一看到丈夫抱着孩子睡觉就有幸福感

有些男人一想到妻子带着孩子离家就不能呼吸

大家都有不为人知的小癖好

或许轻松看待婚姻的惊奇剧集是唯一路途

不然男人就是个屁

又臭又藏不住

B▽10 浑蛋男人心

男人心如同蛋一样轻薄清新
所以浑蛋一旦浑了起来   只能买件黄袍遮掩肮脏

会这么骂自己的男人其实就是准备把自己的过错轻轻放下
但真正的浑蛋该具备哪些特点呢

首先犯错不在这议题要讨论的范围
重点是浑蛋是让人忍不住要用最卑劣的语汇对付的部分
只是男人认定的和女人认定的及社会认定的浑蛋各有不同
所以我们先来讲讲社会的普遍看法

社会在乎的通常是实际面及传统道德面
外遇和不能负起生计是主角

暴力和侮辱是罪加一等

抛家弃子没人能同情

一切以结果论来批判

不管前因及事后善待

他们都是口径一致的法官

冷漠又僵硬地执行他们自以为的正义

女人呢

全都归类于感受问题

就是因为厘不清问题才统称为浑蛋

不管是隐忍在先或是争吵不断还是突然被震醒

浑蛋其实是快撕破脸的爆炸

你痛恨的是他的态度不是事端

你忍无可忍的是亲人最残忍的卑鄙

至于男人一旦浑蛋起来

他是不会觉得那是浑蛋的行为

他能如此不顾情面地乱搞

为的就是不让对方好过

仗着自己认定的理由他自然有一套能顶天立地的说法

都认定对方是浑蛋

对方也做出浑蛋才会有的嘴脸

那还在一起干什么

浑蛋再有道理

他绝对还是个人下之人

因为他的风度被狗咬了良心被人奸了

所以罔顾人们最怕看到的丑陋

一个令人恶心的政客就在于他的道理都是欺凌

抓人辫子

切断生路

夸大不实

暗地刺伤

为了达到目的不惜做贱孩子及父母

男人心如同蛋一样轻薄清新

他一生最终的目标就是保持它的完整无瑕

所以浑蛋一旦浑了起来
只能买件黄袍遮掩肮脏

别再想他会不会回心转意
这样的人一来灾难才开始

浑蛋的下场是
不管他多么风光得势
他在任何人心里都是浑蛋
连原谅他的人都是浑蛋

手记二

是的，我已婚

2個人在一起
如果只有一种型態
就表示
你根本不在乎
你们可能是如此独特

B▽11 是的，我已婚

当女人不必依赖男人过生活时 你的绝对价值就已不存在

来到这新蹿红的城市才第二天

他就感受到他的身价比他想象的还要热门

经纪人带他和当地的合作伙伴一起吃夜宵

谈及这两天不断拥至的爱慕者

他摇头道：我都跟她们说我已婚了还是没用！

经纪人小陈是二十五岁的社会新人

他的生命经历虽没他多

但在现下的社交圈小陈可不比他陌生

小陈说：你若要让这些粉丝却步，你就该说你未婚！

?

他不懂

小陈的说法如下

中年已婚男人和未婚的年轻男人的比较

已婚男人平均值在经济条件上较平稳

个性较体贴

因为已婚所以不需要花太多时间照顾他

如果这男人有孩子女方就少了生孩子的压力

所有的优势都指向轻松

这是人在恋爱时容易有好感的部分

所以说

下次他最好说：是的，我未婚！

也许这是女性在收入上不但能自主也能让某些男性依靠

她们很快就会顿悟

有了经济和梦想和事业的独立权和掌舵权

她们就会试着用这些权力来"买"或"影响"某些欲望

这不是男人才会做的事

这是经济条件够的人才消费得起的可能

当人可以不分男女透过关系走后门

这就在暗示外遇对女性也不是难事

因为都是在做怕人家知道自己却很想做的事

只是女性在这个时代的反扑将让男性难以招架

因为这次是人和财一起反扑

她可能外遇被你抓到

还有可能毫不眷恋地离开你

光这点她们就比男性外遇被抓时表现得酷

男性对于婚姻的需求比女性传统又强烈

扛起一个家变成他第一个要征服的目标

只是大多数的已婚男性都不知道

能安稳地扛起这个重责的人数不到全部的一半

一个疲于奔命又负责任的男人的最后下场是

他会跟所有母亲一样

自我感觉良好到认为这些付出是史上最崇高的奉献

这种人一定有伟人铜像的特质

坚挺而让人忍不住热泪盈眶的从容神态

中年男人真的会认为他对家的贡献是跟母爱一样可以平起平坐的

听起来像身价上涨

其实是任人喊价

当女人不必依赖男人过生活时

你的绝对价值就已不存在

难怪最新的调查报告显示

有百分之十强的已婚男性想离婚

而女性却高达百分之三十强

从这点就知道女性对婚姻的态度一向比男性实际

当有女人喊价

男人最好做足提升价值的努力

会帮忙做家事加一分，不要求太太做家事再加一分

不必在结婚前五年生孩子加两分

不须和公婆住加五分……

这看似颜面尽失的后退

正是男人脱胎换骨的好机会

顾面子 通常只对那些不值得在乎的人有好处

想想顾自己和自己亲密的人重要

还是一味地顾全大局

把那些制式化的男性特征销毁

不然我们就会持续地用二分法来归类男性

简单是骗子最爱的鱼目混珠之地

明明男人有那么多种

而大家就是要逼男人做假

在同一件制服里长期遮掩

当某男性不小心或是大胆说出了真话

那天地不容的挞伐声说有多大就有多大

适逢全球结婚率下降到最低点

会不会这样的趋势发展到一个程度

已婚男变成这世界濒临绝种的珍贵族群……

想到这里我忽然看到一个画面

一个长期失业的中年男性

终于在走投无路下答应某机构的邀请

参加"和已婚男共度一晚"的巡回酬宾活动

会场上清一色的女性参加者

她们像是来看满清最后缠小脚的女人一样

在这个未来年代

她们已无法压抑自己的欲望

成天尽忙着别人期待的事

所以他的已婚身份成了商业卖点

一个在内心缠了小脚的人

当他走进餐厅

穿着公司安排的租借西装走向活动舞台后

他说:是的,我已婚,让我跟你们讲讲婚姻里冒险的故事吧!

关于这个有点未来的想象故事

有可能只是不久的未来

我甚至怀疑已经开始!

B♭12　家庭主夫

家庭主夫并不是一个不事生产的职务　他的价值常超越金钱之上

很多女人做家事远不如丈夫

但我们这个社会还未进步到可以让男人自在地当家庭主夫

也因此"快乐的家庭主夫"网站就是在被世人隔绝的被迫下

慢慢找到同类而成立的团体

网站的主人在婚姻的前五年事业日渐疲惫

不但薪水比妻子低最后还失业了

于是在妻子怀孕后决定在家当家庭主夫

因为他的薪资没比保姆高多少

妻子虽然在金钱的考虑上是同意的

但在说词上提了个想法

她希望不要让她的爸妈知道
后来又改口希望不要让任何人知道
做丈夫的此时听懂了妻子的意思
他编了个理由
他和美国一网站公司签约
准备成立一个"家庭主夫"的网站
条件就是要他也加入家庭主夫

这个理由其实也不算是谎话
他真的去实践还做出了成绩
如今两个孩子都上了高中
在一次媒体的采访问及他曾经遇过最困难的事
他说是当个家庭主夫

他说在初期最为难受的是来自妻子的犹豫
尽管在还未有孩子前家事有一半以上都是他在负责
他还是需要以实力来证明他不会做得比女人差
不然妻子怎么从那些亲戚朋友邻居质疑的眼中抬起头来
于是他总比妻子提早两小时起床
如何让下班后的妻子感到舒畅轻松
这使他想起以前当老公的日子

他更知道一个在外头拼斗了一天的人回到家后真实的渴望

会做菜跟会怎么盘算菜钱是两件事

懂得每隔一段时间就暖暖彼此的感情

而不是全神贯注在孩子身上

那些看似懂了其实需要重新学习的部分比他原本想的还要多更多

也不知道是不是家事繁琐到不可能做尽的关系

他和他的网站成员极少有外遇的状况

他分析是来自于一天家事给了最大满足

来自于家人能开心地享用一切

所以他更在乎妻子的感受

令人意外的是这些家庭主夫的妻子则为数不少有外遇

访问至此　记者好奇地问他

家庭主夫是如何面对妻子外遇

这时镜头给了他一个特写

好像是希望从他的眼神中捕捉到闪躲

但他却定定地看着镜头说：学着体谅！

因为他们比其他的家庭主妇更知道一个全职上班族会遭遇到的种种

就算他把家照顾到完美

家对于在外打拼的一家之主仍是责任远大于享乐

责任永无止尽

享乐总是短暂

两个人的感情荒芜

上班族的复杂空虚

个性上的时移世变

大环境的天灾人祸

以上任何一个都可能是最后一根稻草

外遇需要的不是情感

而是爆发的动机

当有些妻子在媒体上表态她们最不能忍受丈夫外遇时

他总是在心里浮出几句对白

不能忍受又不能分开这是什么心态

不能分开又不能忍受简直就是病态

有段时间孩子还需带去公园玩的年纪

他就常和家庭主妇交换这类的心得

其实人的仇恨大都是不了解而引起的

真要是了解就不须以仇恨面对

会用方法来改变

也许人类的夫妻关系会透过家庭主夫这个身份得到解套

就像女孩一旦成了妈妈后更能了解妈妈的处境一样

家庭主夫的经验

将让男人知道做家事会增进夫妻感情

也让女人懂得做家事较容易专注感情

家庭主夫并不是一个不事生产的职务

他的价值常超越金钱之上

这不是每个女性都能胜任的工作

而且家庭主夫往往身兼数职

既是管家又是保姆

可能是家教又是财务管理

还要有足够的信任和爱心

范围还扩及亲朋好友要打点

甚至要出席很多聚会

二十四小时不打烊

你说这薪资该怎么算

最后记者再问他目前最想努力的重点是什么

他指着自己说

想做一个典范

让后来想超越我的家庭主夫有一个标准

能找到吻合自己定位和梦想的身份

是最幸福的事

B▽13　单亲爸爸

就像是个带着四个孩子走钢索一般　他挑战着自己的极限

中午时分我拦了辆出租车

一上车司机就跟我说：你介意我车上有孩子吗？

一看就发现前座有个大约五岁的小孩

我说没事

车刚开

司机又有新的请求

他问我可不可以顺道去接他另外三个孩子

就在前方五百米处的小学

我又回说没事

接着他就很感激地说着他的故事

他说他一共有四个孩子

三个就学

一个他天天带着开车

妻子在去年因不堪困顿已和他离婚

孩子全归他养育

但他这一年来发现很多他没想到的状况

辛苦但值得

妻子由于仍未找到工作

在经济上没法帮上什么忙

他的表情似乎透露着不满

但他很快就用包容的神态取而代之

等了十分钟

三个孩子终于从一堆孩子中冒出来

三个孩子见到爸爸都很兴奋

爸爸问：今天有遇到什么不爽的事吗？

其中一个孩子说：老师说我耳朵为何像没人养的孩子，脏兮兮的！

爸：你怎么说？

孩：我什么都没说，但心里瞪着他！

爸：很好，要忍耐，那是老师不对，他不该这么讲。

接着孩子又闹成一团

不知为什么
我就是觉得有点不对劲
这个看似和乐团结情深意重的家庭
为何孩子的心思那么早熟
为何父亲的态度那么包容
年约四十岁的中年父亲看来仍是讷涩的个性
所以我开始寻找线索
出租车贴了许多观音像
会不会宗教成了他新的人生指导
所以有了以上的反应和思想

车子持续前往我要去的目的地
孩子讨论着待会要吃什么
有人说要去吃麦当劳
有人说要去吃美国牛排
大家都试着在玩笑中忘掉酸楚
这个看似伟大的爸爸其实一点都不伟大
他就像是个带着四个孩子走钢索一般
他挑战着自己的极限

而且大家都知道

这么危险的游戏不该让未成年的孩子随行

这个爸爸只是尽自己所能撑起这个家

他应该也没法想如果撑不下该怎么办

当一个父亲辛苦成这样时

谁又忍心提醒他说

你的孩子不敢跟你要钱缴学费

所以他偷了钱

没有这种可能吗

如果那时弟弟患了重病

让爸爸不能工作又不能休息地照顾弟弟的话

有太多太多的可能会因一次的失衡而全部垮下

其实这位爸爸的问题源头是不该生那么多的孩子

我非常清楚身在贫困家庭中孩子的压力

那种一边被老师追逼着要缴费

一边又不愿看到父母无言同应的窘态

真的很折磨

尤其是孩子还在就读小学的时候

但一切都没法回头了

会不会这位爸爸此时的心态才是比较实际的

能开开心心吃苦总比时时抱怨要好吧

下车前

这一家人对我热情地大喊bye bye让我印象深刻

两个月后

我在电视上看到一则新闻

某单亲爸爸带着四个孩子烧炭自杀

地点　照片都很符合

新闻内容说明他是因债务而走上绝路

我在想

他们在最后决定要烧炭前的那段日子

从那么乐观

转为那么绝望

这么大的转弯

我想到就如同受了电击般得难受

在那一小段时间

我问了那位爸爸：单亲爸爸是不是比单亲妈妈还累？

他反问：为何这么问？

我：因为女人照顾孩子历史较久？

他：我不觉得，我就比我的前妻会照顾孩子！

我：但比例上……

他：不要说了，我不累！

我真的难以忘记

那天

他那么压抑地轻喊着：不要说了，我不累！

连孩子都突然噤声

可见他这个状态是常常在孩子面前出现的

B♭14 完美的丈夫

其实他们很像是乖乖牌 毕生尽力做循规蹈矩者的第一名

有些人天生就很会唱歌

很会游泳

很会考试

当然就有很会达到世俗标准的已婚男人

不接触任何声色场所

一份高薪一份体面的职称

当然也不搞外遇

尊重太太

硬底子的道德高标准

孝顺

天天按时回家

有头有脸的朋友数枚

衣着低调有品位

稳重不多话

参加得起私人俱乐部

以上也许物质的举例有点过分

但这类人对别人和对自己一样严苛

他可是有清清楚楚的坚持

当然就不会甘心独自欣赏这得来不易的成果

他会让大家遵守他认为对家最完美的规划

当然他不会笨到跟人承认这是他想过最完美的计划

他不会笨到看不见态势

他会谦逊地说些他只会要求自己的场面话

而这也是大家最爱听的老套

要考高分就得重视答案

他懂大家爱听什么

反正他只相信自己的标准

所以他就更懂得如何不理会别人的标准

他觉得这些人都是无药可救

跟他们说真话不如跟他们演戏来得轻松些

他自认无能为力

能说很会读书的第一名是死读书吗

当然不行

当然很多完美丈夫中也有些是很可爱的蠢驴

他们的可爱都是来自无心

如果真要知道这样可能会对家人制造伤害

他们怎样也不敢做的

他们的愚蠢就蠢在可怕

他们总在尊重或逼迫之间选择了逼迫

他们那时的决定都是因为

担心不学会这个态度以后会吃大亏

其实他们很像是乖乖牌

毕生尽力做循规蹈矩者的第一名

好

但还要更好

他恨自己为何不在一出生就知道这个道理

所以他要孩子们立刻受惠

所以他越来越强硬
这样才能让孩子丢掉自己的不同想法

为何会这么强硬
因为只有最严格到不近人情的坚持才能领先群雄

B▽15　爸爸

盼我对你不要忘记　因为想念比我聪明

爸爸去世十年了吧

十年和昨天其实一样不可跨越

仍清楚记得他打我耳光

那是他对我最亲密的接触

也许总觉得他离我太远

语言太少

这举动变成记号

我没把它想成苦痛

甚至还有点温暖

像长篇家族小说混杂的开端

即使父母也要如爱情电影般

从冲突开始　至回想结束

对白老记不得

配乐是沉默

我听到我要说的话

听到他不想说的话

这故事隐藏太多秘密

理当保密才能过度那段时日

爸爸临终前重复告知：你最孝顺

我很难受

矛盾接受

这比较何来

如果我不这样做比较应该

人总有爸爸

是谁

世上亿万人

居然是你

很奇

你不也接受这事实

扛下这责任

因果

我只看结果

那是人造出的过程

于是我想起我常犯错

成绩不好

欺负弟弟

体弱多病常要就医

等我开始工作

又逢你中风

你从未占我便宜

我又从何说起

我的努力

有部分是因为你

唉

今日我也为人父

但时代不同

很难比拟

我盼我对你不要忘记

那耳光

像一串风铃

时间的风

我始终不动

因为想念比我聪明

B▽16　骑单车的人

荒唐的赌注引来各路人马　犹如一场惨烈马戏　一场无望的牺牲

一对阿富汗夫妻带着八岁的儿子偷渡到伊朗打工

太太忽然生重病昏迷

医生说要先缴钱才能治病

丈夫于是求友人帮忙

友人找到一位商人

为了说服商人帮忙

他夸张地说他在阿富汗是骑单车高手

可骑三天三夜不休息

商人一听有商机就致电老大

说这丈夫可骑七天七夜

老大觉得这可招徕观众

又可下赌便答应

商人问丈夫如何

丈夫茫然回答：我能说什么呢

儿子每天按时交医药费

但医生并未为妻子医病

只给安眠药

荒唐的赌注引来各路人马

游客　赌客　摊贩

媒体　黑道　算命师

犹如一场惨烈马戏

第三天丈夫不支倒地

所幸半夜没人发觉

他休息片刻

清晨前再度上场

一场无望的牺牲

妻子和丈夫在不同区域被人性凌虐

终场丈夫撑过挑战

但他已成机器

他无意识地骑

完全听不见儿子哭喊的话

爸爸

终点到了

求求你停下来吧

B▽17　给儿子的一封信

这个家也许需要的是一个信箱　让想要投递的关心能够寄达

之所以写信

是不想见了面说

但写了也未必会寄出

这就是他的心结

没想到人到中年后

他也会因想到和儿子之间无解的结而有压迫感

连呼吸都感到吃力

早先他也想算了吧

干吗热脸去贴儿子的冷屁股

但朋友劝他别把夫妻的账算在孩子身上

没想过孩子很容易被母亲的恩情左右为难吗

小时候他不也在母亲掌权的家庭长大吗

总是听着母亲数落爸爸的不是

什么肮脏话什么不堪事她都可以重复地向孩子及外人提

没想过坏身教的威力

这样的母亲总是满身怨气

他怎会不明白儿子的处境

或许这是反映他在内心深处对儿子的愧疚

这十多年来的兵荒马乱

离婚　母亲过世　辗转内地拓展新事业

都是不容易的战役

他承认关注孩子的心力太少

所以他也很感谢前妻的付出

尤其她也不太好过的前提下

生病　积怨　眼看孩子将登上大舞台

紧张惶恐得失心与疑心病并存

她当然会合理怀疑这时的爸爸会不会想回来分一杯羹

没有信任的基础

很多该解的结因搁置多年也成阴尸

人和人的彼此折磨通常都是不沟通酿成

只记得对方在自身上不平的对待

两人都有话要说

但就是不跟对方坐下来明说

任由朋友间传来传去变成大怪兽

跟一位知名的妻子离婚的结果就是举世皆知

他不满前妻在媒体上单方面指控

他不能理解家务事为何要爆料让大家知道

把夫妻互殴说成家暴他最不能接受

他当然会想这事在儿子心中他将是怎样的印记

他当时二十初头就跟大他近十岁的前妻结婚

他们那时脾气都很火暴

他承认自己并未真的察觉一位丈夫该有的温柔

他想来想去绕来绕去把自己缠成了木乃伊

儿子的新歌发表会没寄邀请卡给他

但他仍会以歌迷的身份暗藏在人群中进场

如此低调是他不想在这重要时刻缺席

更不愿媒体失焦谈起他和前妻的种种

万一被媒体堵上他也准备好了说辞

他会说

这是妈妈的荣耀

她把孩子照顾得很好

这不是场面话

这些年来前妻真的给儿子很全面的栽培

辛苦有了代价他也与有荣焉

只是在前一阵子

儿子忽然在电话上冷淡起来

甚至提醒他不要以朋友的方式对他

要有爸爸的样子

他很震惊

这是指正吗

突然他陷入人生的长考

他好像看到儿子在完成他年少未尽的梦

从某个角度

他似乎也有了该和他一起成长的责任

他也该从这个转弯成长

一起努力

在各自的舞台上发光

让对方放心

这个家也许需要的是一个信箱
让想要投递的关心能够寄达
而且是从接受指正开始

嗯
就从指正开始

B▽18　一家之主

一家之主的典范在于如何做自己期望的那个人
而不是硬要别人照你的期望过活

从来没想过当一家之主要准备些什么

他就当了一家之主

然后他就开始这一段不知界线的统辖

以为在这个屋檐下他说了算

因为付出总是伴着期待　责任总是紧盯着规则

一家之主面临的处境绝对是比国家大事还要难以忽略的大事

管吃　管住　管钱　管烦恼　管病痛　管家族关系　管职场打拼

总统都不用管那么多

管不但得不到什么好处（尤其是管家人）

还可能惹来一身腥

记得以前某大企业老板说过一句话

他对新上任的总经理唯一的要求就是

"不要跟属下太过亲近"

管理者有其必要的距离和冷酷

于是全世界大都没经验的男人毫无警戒地扛下重责

他们不知道"管"绝对是极高竿的艺术

哪能看看自己的爸爸怎么搞

看看八点档连续剧就上场操作

可他们就是这样干

所以累积出对中年男人的普世价值

好色　狡猾　深沉　无趣　自私

为什么会这样呢

好色是因为越来越明白

跟别人发生性关系与爱不爱家是两回事

狡猾也是因为明白

用计用谋是有能力的人的本能没必要自责

深沉并非每个人都有　这世界笨蛋还是多数

有时候，即使我表面仿是一家之主
但仍感觉我仍之间并不平等。

无趣是日子过久有危机意识　于是演变成小器

而让生活有乐趣是要花钱的

说男人自私相信很多男人都不会同意

爱情的本身就是自私

不然何必占有

说透了就是他们在经验累积下会看到更多真相

他们不会天真的以为那些所谓的正面道德标准都是对的

他们只是因为长期认命所以停顿思考

思考如何把生活过得更有意思

对他而言毫无价值

他总是恐惧新事物

以为每次喝咖啡二十年来都在街角那家就是风格

对于没法掌控的人与事

擅长用阶级　能欺就欺　能瞒就瞒

这是一般大众对中年男人普遍的看法

但真的是这样吗

新一代的中年男人在网络时代下有了新的型态

网络会让人变宅

阿宅真的比较少有感情机会

我相信只有极少数人是痴迷于多角的爱情

大部分人的感情机缘都属被动

某个活动或某个时空引动了机缘

也就是说女性必须明白

大多数的老公不再和以往的老公一样

没那么多应酬

习惯性宅在计算机前

你们的感情没因此增闻

但生活就是多了很多见面的时间

怎么去面对和怎么保持正面的距离是新的课题

家何必一定要有一家之主

难道一个班级没有班长就会瓦解吗

以前的人可能比较笨也比较不懂得尊重

一切以达到一致想法的时代真的已过去了

新的一家之主是别人期待他当的

而不是自己主动跟人介绍自己是一家之主

一家之主在现今的标准只是责任和典范

不能换来权力

要人听命于你只能靠别人接受的了的道理

不能凭你说家里哪个不是你赚来的

不想负责任就不该结婚生子

一家之主的典范在于如何做自己期望的那个人

而不是硬要别人照你的期望过活

不然你就是把家打造成集中营

并以爱来当做惩罚

小心你的音量带来的威吓

小心你的暴怒埋伏的危机

旧时代害怕人因为会独立思考而被判定是难以管理

你活着的这个新时代鼓励你不做那些累死你也换不来好处的任务

懂得认错懂得放下

谁赚得多谁就多扛些家庭的经济担子

别看不起女人的能力

责任永远多于享乐

你准备好了吗

准备好接受一家之主的新标准了吗

B▽19　小S的老公

时代期待小S的老公给男人来个新典范

自从小S被传家暴后
这则新闻的关注焦点就是离婚

小S受欢迎凭的不止是艺人的身份
最主要是她的人格特质
她那反其道而行的待人接物
反而映照出那些一律工整客套对人的虚假

尽管她在节目上放荡忘情的演出已招来某些族群关切
但在某些无关节目效果的新闻事件里倒常见到她的坚持
像是为了黑人陈建州而与周玉蔻的激辩
她该说道歉的绝不会犹豫

最妙的是她每次面对不看好她婚姻的质疑时

她并非没办法治这些人

但她更知道致这些人于死地反而会让他们有僵尸复活的可能

小S的老公其实是越到今日越得民心的一款

他总是温温地笑着面对所有不怀好意的关注

几乎没听过他发表什么看法

低调带来大家对他的好感

但当他被拍到在夜店与某女出游照后

他淡淡地说

到哪里都被跟拍的人生有什么意思

是啊

这是他当初始料未及的部分

谁的婚姻没有始料未及的部分呢

得到了宝剑就有保护宝剑的义务

登基为一国之君就要有失去寻常自在的准备

只是我们这个还没让感情被健康人性看待的时代

对于这则新闻就会有很多让人傻眼的评论

什么小S太红太强势太完美太爱老公

每个"太"字上都是封建时代的利刃

它要砍掉女人超越男人的可能

它是以男人颜面有无受损当做标准

它是要女人承认丈夫的困顿以女人贬低自我来救赎

它是压倒夫妻间平等的最后一根稻草

只是这个"太"不仅不能让男人得到挣脱

还可能掉进更大的困顿

因为这样的评论将让男人更有理由把该消化的不平

推给最亲密的人消化

不管男女

遇到苦寻不着呼吸的漂泊

任何浮木都是有意义的

如果你是小S的老公

你会如何面对呢

你会像小S一样谈笑间露显态度

还是有更令人赞赏的突破性演出

是的
时代期待小S的老公给男人来个新典范

B▽20　规矩

好爸爸把余生奉献给家人　把规矩发挥得淋漓尽致

订 规矩有一种挥洒权力的快感
它会让人在瞬间变得冠冕堂皇
连用词都官腔官调起来
像个统帅发号施令现时推行

帝制时期国家规矩是皇帝说了算
而家呢也大都是一家之主说了算
说了算
说的就不是什么民主与平等

以下就有个例子

他是个被人赞誉有加的好爸爸

好的标准在于他有个体面的职业

丰厚的收入

稳定后半生的存款

天天送小孩上学接小孩放学

他最大的乐趣就是全心全意让家人走向康庄大道

于是他订了许多规矩

让家人直升天堂前的魔鬼训练

他为了显示自己对别人公平

他的规矩总是自己先守

他做到了

再提醒你他做到了

再告诉你做到这件事的重要性与不做会有的恐怖下场

随着订出的规则数量越来越多

慢慢地他就进入到瘾头的阶段

他会永不知满足地把自己和家推向最高荣誉榜上

满分的家庭

他的严谨就算被憨善的笑容所遮蔽

还是可以从他的目光里找到不屈的锐利

这种人是以实力取胜的

所以他只相信自己独特的奋斗经验

他不许儿子的卧室门上锁

他的理由是做人必须坦荡荡

他不让女儿边听音乐边读书

他的理由是这样不能专心

他不让太太穿高于膝盖的裙子

因为穿这么短的裙子坐下来会被别人看到内裤

他的理由又荒唐又无知又下流

这样的人立下的规矩不会给人说不的空间

在我们熟悉的世界

表里不一是常态

不去想表里不一是我们普遍会采用的态度

于是我们在人和人之间筑起一道冷漠

不去碰触别人家的表里不一

好爸爸受着这道冷默之墙的保障
把余生都奉献给家人
把规矩发挥得淋漓尽致
这之间
被强力牺牲掉的可能是什么
他也不得而知
反正只要冠上是为家人好的名义
谁没卑鄙地使用过

身在这样家庭的一员
迟早有一天会发现有什么不对劲
尤其是那些扭曲的观念
何时能不带矛盾的卸下就不得而知

手记三

外遇这个东西

这不是外遇
是一直逃不出去
而困出的幻象

B▽21   女性外遇时代来临了

早就来了
不然你以为男人外遇的对象只有未婚的女性或男性吗

只是以前没人敢声张
那会丢掉工作甚至丢掉性命

事业和性命都是现代女性最宝贝的两样
为数不少的女性仍把婚姻当事业一般经营
经营的坏处是
慢慢就会不带感情地经营

因为经营必须时时挂心刻刻见输赢

没有休止日

就像护士看多了病者的哀嚎
她就会习惯性的冷漠
即使她的微笑和耐性仍在
但只是专业上的演出

然后彼此都一样冷淡了
就冷淡出一种新型态的幸福

把放弃感情交流放弃内心交谈放弃交互成长的冷淡关系
硬拗成
不加盐　不加油　不加味精的健康口号

不屑以上想法者
就可能外遇
虽然其中有很多人屈服于社会的单一标准而偷偷摸摸

外遇
该讨论的是怎么解决车祸现场急救的问题

还是立刻在车祸现场办座谈请名嘴来审判

如果感情不能勉强是对的
也就是说爱或不爱是不能因任何道德理由强逼不爱你的人爱你
那么谁都没必要指责对方背叛
因为就算对方认罪
他的心还是无法从不爱你变成爱你
尤其在被你判了罪以后

承认吧
外遇的人顶多是情欲上跟你没有交集了
并不是连跟你做朋友和做夫妻的关系都不要
情欲不是双方的责任吗
难道这责任已低到只要对方不跟别人做爱彼此没有做爱也没关系吗

很多已婚的女性会说没有做爱的婚姻没有关系
这见解是个健康的思维
它透露出不用对方十全十美
每个丈夫都有长处短处
但妻子在就必须在性和爱上有一种公平的态度

不栽是不能收获的
要放弃收获就不能不许别人收获

脑袋打结了吗
要解开这个结
请你想想当初是为何结这结

当初是你们双方都认定结了婚
双方都有义务做到感情和身体的忠贞

从古至今
那么多人做不到
还要继续逼自己去相信对方做得到

这才是症结
明知是海市蜃楼
还坚持不搬离

好了
这不是在评女人有多愚蠢地看待男人外遇

而是

当你的老婆外遇了　你会怎么反应

以前

男人怎么也没想到有太太外遇这种事

就算有也是藏在天边或小说里的

以前的女人面对老公外遇不外是

哭闹

抵死不离

不让对方和外头的狐狸精好过

找来所有亲朋撑腰

认命

立刻锁住金钥

苦往心里吞

跟孩子道爸爸的丑事或选择隐瞒

压抑

不管是哪一种

身为男人的你

你会选择什么态度

会跟女性的传统反应一样吗

还是更低级

或是更宽容

因为多半外遇的男人都不想离婚

他们只是存着侥幸的心态

想在只见责任不见湿润的婚姻中来一次梦幻的爱之旅

最好能在该结束的时候结束

因为感情不是谁能单一驾驭的

一个新时代的来临前一秒

总是过度担心又过度憧憬

总是争议不断又期待光明

身为这个时代的人该有对这个时代的生活新解

活出比前人更进步的态度

让人和人的关系有更多的样子

不是做不了夫妻就只能做敌人

不是做不了爱就想成心被抢夺

既然是夫妻就表示关系不再单纯

想要享受婚姻的点点滴滴

就不能不面对可能的风风雨雨

重点是你们要继续生活在一起

拿爱和欲望给人治罪最没道理
明知爱不能勉强
还要这样判刑

难怪不能原谅对方外遇的人总是怨声载道
人只有诱引对方爱你的责任
没有强硬要对方只能爱你的权力

B·22 好男人不会舍得让你当第三者？

男人的好与坏都是在菜市场一片女性喊价声提出来的
没有标准也没有真实性

在某个两性专栏看到这标题让我吓了好几跳

第一个吓到的是"不会舍得"

不会舍得就是想做但还没做

第二吓是"好男人"

原来这样就可以达到女性心中对好男人的标准

最后是"第三者"

这个句子如果是确定进行式

那你已是第三者了

不然这个"好"是怎么来的

男人的好与坏都是在菜市场一片女性喊价声提出来的
没有标准也没有真实性
都是用来发泄情绪和误导自己用的
这些行为的动机也许就是搞不清好与坏
更也许是比较喜欢坏的但又怕被坏的伤害
所以刻意地从坏里合理化出一些好的
总是不忍心全部退货的心态
总是在心里底层迷恋那个坏
为什么会这么矛盾和表里不一呢

因为打从心底她是不同意世人对感情的分类和标准
她明知男人这样的分好坏没有道理
但又提不出反驳的思绪
于是概括承受所谓的传统
慢慢说服自己当一个传统的好女人
当久了
虚伪的面具就会合体在她的灵魂上
这就是在许多经典小说和电影常常提到的人性真相
好女人总是和冷漠和虚假产生关联
坏女人的坏总让人意外地看到革命的因子

因为从女性历史的演变看来

查泰莱夫人的外遇和春秋战国时代的贞节旌表

她们困在男人要女人做个专属品的评判里

好与坏都是男人订的

而且女性还挺身而出维护

女性以为男性因此占尽便宜

但男性也没从中得到什么好处

因为这些好处只要不结婚更能得到而且轻松

所以如此复杂的纠缠源头真相可能如下

会说这句话的男人就是要在你面前获得赞赏

但实际上是不想负责不想面对不想诚实

真要是如他所言

他不会让故事开始新的篇章

但他仍会留个余味和恩惠给你

让你不完全失去希望

于是此时也让男人占上下一阶段的上风

而你也因为会有感于先前的迷魂汤

就把他标上"好男人"的封号

于是你就认命了

你就觉得不该给好男人制造麻烦

第二阶段

这位你心目中的好男人就会说

唉　我给不了你要的幸福

他让你一步步放下你要的

而且还要你把他永远放在心上

如果"好男人不会舍得让你当第三者"这话是女性说的

如果你也因此点头同意

那么

这样的"好男人"就是你们制造出来的

B▽23　外遇三部曲

外遇就像个神秘又邪恶的女人
考验他到底是不是能自我控制的男人

【前】　没有想象就没有所谓后来的故事

没有过外遇也看过外遇是怎么一回事

虽然这些信息都是透过社会对外遇判定价值后一起打包给你的

所以男人都是先知道外遇是不应该的在先

但又发现好多男人都在外遇在后

随着慢慢长大成人

外遇就像个神秘又邪恶的女人

闯进他的生活圈

考验他到底是不是能自我控制的男人

就像金庸小说里的人物

邪教里不乏真情真义之人

光明世界的伪善者也不少

为什么从爸妈老师甚至到我们的政治宗教领袖有关感情的言论

都听不到人性转折的合理逻辑

他们只会拿出道德的口号向我们说教

真正的人生只能在武侠小说中得见一二

感情的课本里

毫无层次

只剩黑白

为什么我们到这时代还要用这么简化的道理来教育下一代

掩灭问题的线索

不善尽该有的详细说明

最可恶的是不许提问

因为答不出话会恼羞成怒

于是外遇就成了越演越烈的头条

烧到越来越多人身上

到底是没人承认外遇的频频发生可能是来自婚姻的不人性
还是我们对于外遇始终都束手无策才这么强硬地硬着头脑
也许女人永远不信大多数的男人打从心底就不想外遇
也许男性外遇需要透过女性外遇来达到降低与平衡
解决问题前先认识真相
认识身边的这个人到底是想要什么
得到的答案不是要用来原谅他
而是让自己有较明确的选择
好过事情总是用单一的角度来解释
认为外遇就等于背叛
不想知道原因
只想快速投入难过和怪罪

有时候
我们并没让自己思考
当有人说婚姻之外遇见爱情
当有人因此赞叹外遇多美啊
这人可能会被质疑为不忠者

鲜少有人会给他说明的机会

这代表我们的感情是被法律道德的双刃连手宰制

早已不是原来的面貌

感觉外遇很美并不代表想外遇

这就像很多人觉得当大明星令人羡慕

但不见得他们都想当大明星

因为在婚姻的协议要忠贞下

外遇绝对不是一件没有压力的冒险

你就是不屑道德

也未必不在乎越界所带来的混乱

只是我们该不该在这个新时代端出更进步的态度

限制不会带来真情

顶多是顺从

真要得到真心情愿

你不把规定拿掉永远别想知道

拿掉规定也会帮你拿掉担心

明白人的欲望才能让欲望得到救赎

如果一个年轻人在第一次探触爱情前

就被提醒情欲是自由的

它不能被人所豢养

它是晴空里的白云湖面上的倒影

你只能把心变成明镜朝他的方向得到投射

这么需要灵犀相遇的不期而然

我们的祖先却将它转成罐头式生产

难怪大家在固定的关系里很快就得到安定

没有激情解释成家人的感情

没有满足当作是爱情的升华

但不管如何

没经历过外遇不表示你不会有外遇

把感情说死就表示你对自己没信心到需要自宫

这已不是个没有明白道理就能逼人就范的年代

外遇能否有新解需靠这一代的人的领悟来创作

不要像前人老在外遇里跌跤发狂报复伤己

拿出你的新想象

往更圆满的世界飞去

那里的芬芳都是因为放下而变得轻盈

轻盈到只在乎曾在一起的时光

【中】　绝对是从有意开始………

一个中年男子在知道老婆外遇后负气去找自己外遇的对象

结果发现他的外遇对象也外遇了

这不是关于因果循环的故事

只是在斜斜的坡道尽头

他的家就在那里

在他从外遇的住所折回家的路上

那客厅的灯好像已不是他熟悉的那盏灯

人生仿佛为他上了一堂大课

丢给他炸弹般的考题

他的脑袋轰轰作响完全无法搞清楚是什么问题

他甚至分不清此刻心头的滋味

是放松还是绝望

是生气还是难过

是不必再演戏了还是不想让混乱继续下去

是被动喊"咔"还是主动喊停

既是背叛者也是被背叛者的双重身份

他该坐下来冷静想想

这一切到底是怎么一回事

高一那年爸爸因长期外遇而与妈妈离婚了

妈妈答应离婚的条件就是独生子必须要归她

爸爸平时就鲜少在家

所以他们那天也没特别道再见

只是在出门前停下转身告诉他有什么事随时可找爸爸

话说的真得很好听

妈妈马上提醒他爸爸都是用这些话骗女人

那是爸爸的口头禅

然后他和一个长期埋怨的失婚女人生活在一起

这女人性格越变越怪

只要不如她的意她就扯出爸爸来羞辱他

说他们都是同一个贱胚养出来的种

妈妈的控制欲强到想控制他的女朋友

她像内奸一样潜进他的房间搜他的东西找到他女朋友的父母

但她不觉得这么做有什么不对

她说过为了他

牺牲她的生命都可以

他的混乱

一部分来自爸爸打乱他的生活结构

一部分来自妈妈过度介入他的生命

但他都简化成是爸爸背叛的问题

要不是爸爸管不住自己的老二

妈妈也不会生病还紧抓住他不放

他甚至猜想自己会外遇某种程度是为了报复妈妈

如果他真的尝到外遇真的有瞬间逃脱的快捷方式

从一个无法以理反驳的泥沼里逃脱

外遇的男人大多是传统的男人

他们多数是以不离婚为底线才变成外遇的罪人

他们会脱口而出要离婚

常是因女人的夺命连环逼才有这胆说离的

一个不想离婚又东窗事发

又发现外遇对象外遇

冒险外遇的人最常忽略的是有一天外遇被抓了

外遇那个人不一定会站在你这边

感情到心机往来的时候

就算能因革命情感靠得更紧也是暂时性

就是因為不想離婚
才有了對過這件事

男人当然知道
心爱的人在
某个暗处为自己吃苦着。

当初要外遇

贪得是那份单纯　隐藏　没有明天的刹那

如今却勾出人丑陋又愚蠢的一面

原来会因外遇而走向离婚的关键都不是感情

而是把不想离的两个人逼到非离不可的骇人嘴脸

【尾】　能断尾求生的有几人

伤害既然都已造成

肇事的男人至少有几件事要解决

怎么分

虽然可能会同时失去两方

而男人此时的真实期望可能就是失去两方

经过这件事他最能体会无事一身轻的感觉

那些会两方讨好求原谅的男人

最坚持的是讨好

不是女人

然而也有一种不把女人当女人的盘算

至少要守住一方

最为主流的就是回到太太身边终结外遇

但太太永远会有一个"他们断了吗"的怀疑

对于任何想一起生活走下去的人来说

过去最好是用来回味美好而不是拿来记恨

对于没法不记恨的人来说

离婚是你对爱最起码的尊重

B▽24　前任女友的约会

矛盾在此时像是调味的味精　给了很不自然的晕眩

婚后第二年

他接到了一通婚前差一点转弯的那个恋人的电话

她要结婚了

但她要约他吃晚饭

都说要结婚了

如果他拒绝这个约会也太绝情了

所以他说好啊

但要跟秘书确认一下时间

再电

挂完电话后

他想起了那时她也是在毫无预警下跟他示爱

那时她已知他有个快论及婚嫁的女友

他们是因为举办一场慈善义演而认识

她是他邀请来的舞蹈演员

才二十三岁

还是个大学生呢

也许就因为把她当成小妹妹

他就更轻松地跟她谈艺术谈小吃谈爱情观点

他完全忽略在他高谈阔论时她几乎是仰望着听的

可她是个狮子座女生

严肃　主观　洁癖

所以他不明白她怎会毫不理会道德的警戒线

她只是展现着霸气和不顾一切

狮子座女生怎会那么失控

第一次他发现爱情会让人背叛自己

她的示爱只是一句话

你想不想跟我在一起

他回答得很逊

他说他快结婚了

这是表示可惜了吗

一个那么年轻那么倔强的爱是不会放掉任何不切实际的希望的

她没有吭声没继续这个话题

然后他越来越少见到她或接到她的电话

然后他结婚了并在上个月产下一女

偶尔他还是会想着她的一些美好

比如他喜欢和她在线聊天

她是个聪明又干脆的人

给他很多精确的赞美

她看得懂他心里黑暗密室的天真

他喜欢听她分析他

她说他是一头獒犬

满身的烈火只等主人一声令下

也许每个男人都想赴约

赴约的目的大都想再一次体验被需要的虚荣

没有要干什么

他也会防着这个女人的过度投入或算计

他当然也想知道她到底想要表达什么

不过他更不懂怎么回绝这样的邀请

说没空太无情

说最近很忙但若她回答延后点没问题的话

怎么对家中的妻子隐瞒或坦白

带妻子一起出席根本就是让两个女人互别苗头

矛盾在此时像是调味的味精

给了很不自然的晕眩

所以他决定偷偷地前往

因为跟妻子说或不说反正她都会不爽

那么不说还有可能因不知情而不用陷入生气的状态

他也会感到不悦

为何连这种事都要在新婚阶段弄得彼此不信任

两个人的爱要保鲜若是靠戒律来维系

它的有效期限就会更短

他甚至觉得妻子若不把这事无限放大的纠结

他会更自重

人都不喜欢被质疑

尽管她的质疑有她的道理

他还是痛恨把男人想得太坏的动机

那你还跟我过一辈子不是很可笑吗

这是哪门子的爱

一个在心里卷起毛球的午后
他提早下班回到家中
妻子忙着帮孩子洗澡
他逗着浸在澡盆踢水的女儿
妻子问他怎么提早回家
他轻描淡写地说晚上要陪老板见客户
先回来换衣服

没有任何怀疑的妻子继续她的工作
他忽然有侥幸的快感
洗了澡又换了西装
六点不到就到了她的上班地点接她
这可是他毫不思考就推出的诡计
其实打心底他就是要她对他难忘但又不想跟她发展什么

或许是很单纯的想重温婚前被人赏识的兴奋
或许仍心怀胆颤地防着对方可能失控的爱火
或许所有的妻子对此事的惯性反弹让他不满
灰尘慢慢落下
然后有可能是沙尘暴
他越往迷蒙的深处望去
就越可能自己也在迷蒙的中心

换作是他

他也可能会惯性的反弹

唉

不想了

何必陷自己于恐惧

何必都快见到面了还要面对罪恶感

何必连这样偷偷的欢心都搞得像是叛军

是啊

就是没种才会在这小事上洒尿

就是没经验才迷上这个慌张

B♡25　一声叹息

三人第一次碰面　除了一声叹息　没有更好的对白

一位名编剧被制片请进一总统套房

要他在那好好赶剧本

写到一半

为了让编剧做得更顺利

还找来一位漂亮女助理协助他

但没几天他们就在某次回家的途中发生关系

编剧是个老实又感性的人

有一妻一女

回到家妻子敏感地问他何时抵北京

他答得支吾

却又机灵地唬过妻子

这让他感到压力

没敢再和助理联络的日子

他以为情事已过

但制片却告诉他

助理原有男友

她老实告诉男友已爱上他

却遭毒打住了院

编剧不忍心不闻不问

但这一问又把恋情接了起来

两女一男都是好人

妻子把一生都放在照顾他的心上

助理不断自责自己是坏女人已不求名分

编剧最后被妻子发现把一切都给妻子

他和助理穷酸地搬进小公寓

女儿在他要搬出那天

忍着眼泪说她学琴是为讨好爸爸

爸爸搬出她就不学了

妻子由要离到不离到摔断脊椎

编剧又搬回家中照顾妻子

一场婚外情让三人都濒临崩溃

最后助理因想念去见编剧

撞见妻子

三人第一次碰面

除了一声叹息

没有更好的对白

B▽26　那个来的时候

男人的"那个"来　真的很不方便
比起女人　有情绪　有招数　而且不止一个月一次

我终于知道那个来的时候有多不方便

话说我的成都友人

小我两三岁

但老婆和女友多我一打

他有三个孩子

三个都不同的妈

老大和老二只差一个月

但这不是重点

重点是他结婚是结怕了

可女友多到会强碰

几天前他跟我说

他"那个来了"

我说你在开玩笑

他解释他有两个女朋友同时来成都

可他这个月工作太忙

又加上要陪孩子去度假

所以要我当挡箭牌

可我只挡了一支箭

另一支果然射到他了

因为其中一位女友直接冲到他的住处

住处里居然有一位她听说过的新女友

我这个朋友平常也很忙

也没什时间谈恋爱

可他就是要数量多

女朋友间也听说他有很多女友

没说破都相安无事

但要这些女友睁一只眼闭一只眼又不可能

可见这类型的女人跟这男人一样

都爱玩侥幸的游戏

这游戏的规则是

明知道他外面一直有女人

却还是正经八百地跟男友讨誓言

不准他在外面乱搞

男友轻易承诺后一听到什么风吹草动

她又忍不住去查勤和逼供

若因此闹到不可收拾的地步

她又悔恨地求男友不要走

真的想告诉这类女性啊

这些男性没离开你是因为他不忍心

他外面乱搞是一种惯性不是爱

他的乐趣是为这些女友忙东忙西显其伟大

他通常并不热衷做爱

他要的是让她们强烈需要他

这事一过我问他如何

他只说没事

他们大打一架但没有分手

最后三人哭成一团并成为朋友

这是怎么做到的

他说：做个男人，你只要放弃她们，她们才会放下武器，不要让她
们讨论谁该留谁该走的问题，就直接说我什么都不要了！然后她们

就会冷静，就不会变成敌人，甚至变成朋友了。

原来他早有盘算

原来不同类型的男女也有他们的相处模式

一个愿打一个渴望被打

这打就不一定是我们传统认知的打了

最后我问她们现在是认定彼此了吗

他摇摇头，说：当然不是啰！她们一旦变成朋友，对我绝对是个灾难，我当场就把新来的那个请人带走，连让她们交换电话的机会都不给，我最后只说大家先冷静三天，三天后再决定要不要继续在一起！

我问：你为何还要和她们在一起？你真爱她们吗？不觉得很麻烦吗？

他回答：是麻烦啊！你的就不麻烦吗？爱，本来就很麻烦。

光听就很麻烦

男人的"那个"来

真的很不方便

比起女人

有情绪　有招数　而且不止一个月一次

B♭27 反

为什么男人坐享其成不知恩外加劈腿
还让对手乞怜投降

坏男人惹女人爱

这话就有"反"的哲理

这男人的坏

可能是因为外遇（但女人则定义是背叛）

可能是不负责（没拿钱来分担家计）

可能是会打人（有些人越被打还越不敢逃）

可能某些部分真的坏了

可能骗了她娘家的钱

可能还是个恋童癖的累犯

这些种种可能不但没把女人吓跑

还可能成为她坚定留下来的浮木

相信眼前的漂流只是暂时

虽然不满涨满整个心房

但仍抱着一线希望

这就是很多女人会贪恋的虚空

坏

若没人姑息

就不会有存活的可能

与其离不开这坏

倒不如趁机好好看坏的里层有哪些好

当你打不倒对手时

不如先研究对手的招数

一味地反对和责备

还有什么获胜的可能

为什么女人死心塌地做足典范勤劳服务

却让对方一直想逃

为什么男人坐享其成不知感恩外加劈腿

还让对手乞怜投降

如果分析的结果是女人可怜男人可恶

难怪这轮回千年不灭

反过来想

假设男人这么做是对的

因为他造成的结果就是能让人舍不得他

愿意再把爱从心里拿出来给他

这诀窍在哪里呢

会不会都被外遇事件模糊了焦点

外遇是结果不是原因

是另一件该面对的麻烦事

所以问题有可能是付出太多

付出如果指是单方面失衡地付出

这付出就会变成死水

没机会付出又只能不断得到的人其实最可怜

不然那么好的事有什么不满足呢

付出真的是一件很容易上瘾的事

两人感情的交融要懂得勾引对方向自己付出

B▽28 绿帽

绿帽 绝对是外人给你戴的 不是出轨的另一半

这又是一个害死人的设计
它之所以害死人是因为它在你出事的当头就颁奖给你
每一个观礼者都是你认识的人
当然他们也带着他们的朋友来
像是给你打气其实是在议论你
典礼上大家轮番上阵臭骂你的另一半并过度宣扬你的好事
你如果因此激动而落泪
你就更满足他们看好戏的欲望
不过你该在意他们在你背后的加油添醋
事出都归给报应
报应的祸首就是你

最值得一提的是这顶绿帽

看不到　摸不到

它是透过脑波而显像

只要向人说出你的惨痛事件

人们就会一致性地帮你戴上绿帽

经过这个典礼之后

你就是个被戴上绿帽的男人

于是你就等于没什么魅力的男人

连女人都管不住的男人

不行的男人

绿帽

绝对是外人给你戴的

不是出轨的另一半

以前的男人总是笨在家里

已失火时还随着围观的人起舞

往家里喷洒汽油并当场论罪

新时代的男人可不能这么做

就算你无法认清现实你也不能不会算帐

如果你还爱你的另一半

这可是很好的加分题

和另一半携手共渡难关

有时把外遇想得太严重的人

其实那时他已离爱很远很远了

都不爱了还拿爱来要求别人就是个傻子

你是想恨呢还是爱

你是想把你那颗被大家搞混的心折腾到什么地步

问题发生时往往是让对方看到你迷人的态度的时候

与其做一个人人看衰的男人

何不给他们看一张新鲜的笑脸

不必多解释

英雄之所以为英雄

就是英雄总能看到凡人看不到的未来

爱她

就把她爱回来

恨她

更要拿出爱来分手

真正该戴绿帽的反而是在分手时几近小人的人

B▽29　迷路的女人

迷路的人回到家最渴望的是家人的包容和抚慰

说到迷路的男人

有些女性对这字眼是很反感的

她们认为拿它来形容男人的外遇根本就是重重拿起轻轻放下

不过这议题的争议性已过时了

最新的主流议题是"迷路的女人"

如果你是公元二〇一一年的中年男人

如果你还想遵照以前的中年男人的思维模式

那么你不是休了这个女人

便是以宽宏大量的原谅重新再接纳这女人

以前的女人会接受这样的施舍

最主要是因为经济的因素

那年代女性在职场上顶多是男性的副手

没什么地位也没什么机会

有了经济的实力

男人再这么干

她可能就给你这样的回答：那我们分手吧！

为什么可以这么潇洒

因为她不必靠你过日子

她甚至赚得钱比你多

你说她何必忍受你那高高在上的姿态

想想

你是要在乎外人的看法

好像你不修理一下你老婆

你就不是男人似的

或者你该在乎的是你和她之间的"温暖"

真要是那么不舒服

你也可以不接受

但若是真的想挽回

你又何必给她压力

让她不愉快呢

没有温暖你们顶多只是拥有原来的关系
要迷路的人回航需要黑暗中的提灯指引
这就不能带着批判
你要记得你要她回来爱你
而不是把她绑架回家

人都有可能迷路的
我相信大多数男性若发现他的另一半迷路
如果当时还爱她的话都会选择接纳的
他们会拿出惩罚的态度
反而是因为舆论给他们的压力

光是"你是不是个男人啊？"这句话
他就不得不拿出一些办法
比如要她不准再和谁接触
比如要她跟你下跪发毒誓
比如你就是用冰冷的方式让她紧绷……
这些不让她好过的动作
只是证明你是个笨蛋

B▽29

因为稍有智商的人都知道
不该在刚买回的名牌包上划上刀疤

不要满足了别人看好戏的欲望
却作贱了夫妻间最重要的情分
夫妻的情分不就建立在患难时能不能与共吗
迷路的人回到家
最渴望的是家人的包容和抚慰
做不到这点
就让她确定你是个不值得对你唯一忠诚的人

B·30 外遇这个东西

外遇，在这时代已不是男人的问题，所以男人也该关心。

大家可有深入细想外遇的问题，比如人为何会外遇呢？如果把外遇简化为忠贞问题，真的是这样吗？我常提醒深受另一半外遇困扰的朋友，当你发现这状况时，你该先想你能不能离开他，离得开你有离开或不离开两个选择，离不开你只有一个选择，就是选择不知道，再用魅力把他赢回来。面对感情的问题，如果一开始就方向错误，你就有可能在绕着地球跑，不知终点在何处。

外遇的原因不会只有一个，但不管是什么原因，你都没有办法去整理，最怕是随便找一个原因，比如觉得对方爱的是自己的钱，或者认为自己已无魅力了，抑是怪外面那个狐狸精……真的有那么简单吗？真要是这样，你有多少把握是这样呢？原因之所以不重要，是因为它已是很多事缠在一起，不会只有一个，选择花时间去理可能理不清的问题，不如放下过去，给对方和自己一个重新开始的机会。

外遇这个东西，不完全只带来负面，可能有好几个正面意义。第一，当你的另一半外遇时，他那些瞒天过海的动作和谎话，可能都在暗示他怕你生气、难过，并没有要离开你，也就是说，他的隐瞒是带着善意的。第二，就像感冒似的，这是个警讯，提醒你们已忽略你们之间的爱情很久了，没有这个前提，就不会有这个结果，能发现问题，至少是好事。第三，如果没这外遇，你也许就不会有机会打扫累积在你们心中的陈年灰尘，不计前嫌，共同打扫，不也可能是很好的结果。至于第四、第五……大家一起来想，只要能让你心更宽，不争锋相对，不怨天怨地，这些能给自己带来的正面能量的想法，都值得去追寻。因为，感情一旦从对错去看，就只能看到罪人和受害者，这样的关系是你们未来想要的关系吗？

没有错，在婚姻面前，外遇就是犯了戒。
没有错，他是该死。

若真是这样，你就得赶快离开他，怎会再多一秒钟留在他身边？

若不是，那我请你回到现实，先想想你要的完美结局。你若想跟他回到最初，你就不可能去抓奸。你若希望他对你回心转意，就不会把所有的积怨四处投诉。你若要跟他一起改变找回平等的相待，就不该判他刑高高在上。婚姻是一场极其现实的供需关系，它从来就不是什么伟大的道德盖出的堡垒，你不真诚地面对自己心中的真正渴望，你就是在强迫对方爱一个很假的人。

在漫长的人生中，很多人都是在很年轻、还不够成熟的年纪就走进婚姻的，所以允许别人犯错的雅量不能没有。当然我们可以坚持我们的底线，例如暴力必分、外遇必分、不工作必分……能坚持底线的，都可以去执行。但若是没有底线的话，离不开对方的话，这时你若只会发狂失落哭泣抱怨的话，你凭什么能得到你要的结局。

有些人是不知自己已不爱对方，却还深深以为自己爱对方，苦苦抱着婚姻。这类人有几个特征，老爱炫耀表面的幸福，像管理宝物般盯着另一半，没有自己的社交圈，除了为家人不知要做什么，他们不知这样的特征就如同金字塔，对别人而言是观光据点，对自己可是坟墓。要人爱你，你就要有被爱的特质，要人回头，你就不能有一定要他回头的期待，不然你起码的尊严都会失去。爱，绝不是法律和道德管得住的，越依赖这种管法，你就会全盘皆输、万劫不复。

B▽31　没有背叛这件事

有背叛这件事，因为这是一条死路。

提到背叛，我就想到到底是背叛了什么？是背叛了承诺，还是背叛了感情？是背叛造成生活被打乱，还是财物也因此损失？背叛若是拿来抱怨或责怪，小心变成不得不分手。若真的不惜分手求偿到底，你就更需明白你要求偿什么。还是，你只是跟着前人的步伐，听到背叛就想要难过和生气，却没想过到底是背叛了什么？

如果我说没有背叛这件事呢？有多少人会说我在为背叛者脱罪，或者我假设人一接受有背叛这件事，不但受苦，还会陷进能不能讨回公道的复杂里，而且还可能离不开他而被即将破裂的关系凌迟着，万一你们还要继续过下去，对外人来说只要看到背叛者得到修理（这样他们才能感到他们所谓的公平正义得到执行），但关起门来你们的裂缝怎么弥补？既然背叛伤人最深可至要人命，你就不该把承诺当命来爱，因为承诺一旦不实现，你就会陷自己于万丈深渊中，这是不是对自己太不负责了！

难道你没看过八点档连续剧外遇的故事吗？难道你没听过一首首背叛的情歌吗？难道没被八卦新闻的桃色洗脑？所以此刻你装清纯，说当时对方说得多么诚恳时，我必须提醒你：感情受骗的人都有一种性格，就是明知可能性很低，他都要赌一把，因为他已上了瘾，但不敢承认，还把这瘾包装成纯真又执着的爱，甚至这个承诺还可能是他自己逼问得来的，比如说"你会一直爱我吗"。

跟别人要承诺，或者别人主动给你承诺，真要不伤身不伤心地享用这承诺，你就必须把这承诺想成是方糖，它是来给爱情变甜，不是当真用的。就像童话故事，那都是假的，你要当真的心态究竟为何？

就是贪心，就是虚伪，就是误判，就是上瘾。

当你发现你的另一半背叛了你，有没有想过他也有不服气的话要说。他有可能会觉得是你背叛在先，相处之间的语言粗暴又情绪化、婚姻里的现实压力压垮了平衡感、有了孩子以后不想做爱、家事分工不均产生不满……是的，这些都是两人合力造成的结果，在漠视之后累积成严重的冰山。冷漠什么呢？冷漠地任由这冰山阻挡在两人之间，每一件看似小事的问题都不处理。不处理，就会酿成大事，认命的人会将问题包装得更好，不认命的都是在事情爆发后擦枪走火导致绝裂！

背叛之前的问题才是真问题，背叛这事只是导火线，没有先前的冰山阻挡，两人也不会远到相见不相爱。把两人的感情爆发的问题简化成背叛，有可能是两人会再伤害彼此的另一场战役，因为没有人在检讨自己，因为背叛的源头已没有人关心，这就是背叛者即使被抓包后也不服气的原因。

能冷静思考背叛的问题，是因为观念。冷静的人知道原先那样想对谁都没好处，只会把事情搅得更复杂，更模糊焦点。有人说年轻一代比较不懂在婚姻和感情里包容，我却觉得这是他们比较进步的地方，他们不像前人会把认命放在家人的关系上，他们比我们这一代更懂得放下是更尊重对方和自己，认输认错是更进步的态度。

真要以背叛这么重的罪名给人在感情上定罪，那就要好好算计一下造成这背叛事件前的种种关系。时常吵架算不算？价值观差太远会不会是帮凶？长期的冷战或冷处理、一直都存在的沉重现实压力、婆媳不合、孩子教育问题、天灾、人祸……我要说的是，千山万水彼此都不容易地走过来了，不承认背叛是长期问题处理不好的结果，只抓着当初情话最甜的时候所做的承诺，真要那么不甘心，就该有本领绝情地转身离去！

其实我们都知道罗马不是一天建成的，在这事上不公道地来看，你就看不到属于自己的康庄大道。

背叛震荡后的残局，再也不能相信他的阴影会如影随形，这心酸的处境，是我反对用背叛去看你还想跟他过下去的人的原因。大快人心都是一旁吆喝的人，何不用潇洒体谅的态度去回敬他，他若还不识相，那就表示你该调整态度和心情，和这位不适合的人说拜拜了！

手记四

第二个人生

连真话都没胆子说
还谈什麼梦想呢？

B▽32 抖

失去挺胸的能力　再大的权势也登不上高层

毛巾拧不干的画面你想象得到吧

步入中年最明显的症状

就是尿不干净

而这就像要当男人就得长胡　剪胡　再等长胡一样无解

对男人一无所知的女人们

当你看到男人西装裤尿尿的位置

有一两滴水渍晕了开来

没错

那就是尿没抖干净

现在我小解每次花的时间

会多出十秒钟

因为没力尿干净所以要用力抖

这代表我的身体也开始一天不如一天

那又关李敖什事

没关　我只是昨儿忽然想起

李敖那附近开过刀

我觉得男人一旦失去挺胸的能力

再大的权势也登不上高层

这不是自信问题

是感受的问题

感受过青春来时

感受过青春去时

这同李敖贼贼的笑容松了一样令人惋惜

所以男人抖
长抖
常抖
抖后记得洗手
再去握人手

B▽33　四十岁的志愿

四十岁男人的志愿　是失去课堂老师的指定作业
但人生的黑板　值日生是不复记忆的名字

六岁女儿上小一的作文

我的志愿

她理性的单眼皮

想保有秘密地闭上

我忽然想起一作文

四十岁男人的志愿

是失去课堂老师的指定作业

期待获得嘉奖　毕竟这是我的长项

但人生的黑板　值日生是不复记忆的名字

班长移民澳洲　坐我隔壁的女孩写的是护士
是因为她小儿麻痹吗

我总是写画家
为了我曾在五岁拿过毕生唯一的奖状
我们总是为了受肯定而活
或为不被耻笑而写
志愿不符合潮流
肯定是命运的玩笑
从老师残酷的轻蔑　缓慢的摇头
如同一朵花的凋落
阳光　绿茵　午睡时光
没人认真体会那朵花需要葬礼
花的亲人都灿烂地开在树上
这就是作文考题最可悲的地方
漠视志愿　定下分数

四十岁的志愿
我一连写下十个

无罪杀掉一位心中敌人的权利

再不要为生活工作

别再受骗帮助不该帮的人

拥有当隐形人一天

有人投资我拍一部电影

不欠人情

远离政客

家人一生受我保护

女儿问我的志愿是什么

我慌张闭上纸张

我怎么解释这无理又超出现实却真切的渴望

她猜　我的志愿是当哆啦A梦

真气　怎么没想到

什么法宝皆可从口袋掏出

等女儿入睡

我偷看她的作文

该不会是当大雄吧

反正拥有哆啦A梦

结果

她的志愿是：我要当画家，因为我爱画画，以后可能会改变，人总是会变的

B▽34　少拥有一些　多感受一点

长期拥有会让人忽视拥有
只是保护这个拥有　没有感受这个拥有

我是经过长途跋涉才到这个年纪的

如果有人问我这半百岁月有什么体验

我想我此刻会说

少拥有一些　多感受一点

想少拥有的原因是

携带太多物与人是不利旅行的

而人生正好是个旅程

家人是最常陪伴在侧的同行者

所以也最容易纠缠与争执

或许是一开始就犯了错

不该把家人的关系拉得那么紧

拥有一个这么不放心的家人关系

并不因此让我拥有更多

我拥有了家人

但不表示我拥有他们的心

说更明白点

我只是拥有这些关系后该付的账单

由于疲于偿清并给自己存足够安全感的存款

就会牺牲掉很多和家人相处的时间

于是渐渐从心有余而力不足转成力不足而心已累

中年的感触一如驮着陈年往事的骆驼

在长期路过风沙刺眼老是相同风景的曾经

那些没什么生气的相处

没人警觉到底是什么造成的

反而惯性用前人的思维归类事件的原因

所以迷茫和无力感是难免的

我们都想做个至少让家人满意的人

虽然这个满意大家连问都不会问

都是自我心理测量

一切的进展眼看就要罐头化生产

我就来到中年

当然在时间无情的本性下

接下来的旅程并不会因为我想稍作沉淀而将时间停留

于是我想要放掉一些肩上的东西

经过多年全家绑在一起的生活之后

似乎也该进阶到让彼此自主自在的阶段

彼此都是成年人

不要把谁当做小孩

如果你真的认定对方是小孩

那表示老天给了你那么长的时间相处

而你却没有能力帮他成长

在爬坡的时候

身体总是前斜

在峰顶的当头

世界总是渺小

在下坡的感叹

速度总是最快

感叹若不能提升到感悟很可能变成恐惧
恐惧失去的茫然
恐惧掌控不住的安全感

拥有的最高境界其实是感受
就像拥有很多美食最后是回味滋味
花太多时间攻城略地的拥有
就可能大量减少感受的机会
财富的累积是个瘾
它会让人永不满足且错看价值
拥有也会带来疑心与害怕
怀疑跟你接近的人（包括家人）的不良动机
害怕有人心怀不轨（包括家人）的侵占骗局
这就是以权以利控制人的特点
有自以为是成功保证的严苛态度
有狗屁不通欺人太甚的怪异家规
统治者的嘴脸
把家人喂饱不让家人奢侈是他的荣耀

他深知钱可给人的优越感

威权为家带来的长治久安

没有活生生的感受

只有一言堂的感受

不想成为这类人的觉醒就是找回感受

尊重大家的感受又不压抑自己的感受

不必和主流妥协

懂得欣赏不同

就算一生已过了大半

能反省愿改变才能得到第二个人生

才能在面对新事物新观点时不那么赶尽杀绝

感受是另一种拥有

就像拥有一张CD和聆听CD里的歌是两种拥有一样

放松

拥有更多

彼此更舒服

才会有心甘情愿的信任

信任在婚姻爱情里是没有标准可言的

它是得到小小幸福糖的人会回报的奖赏

大家都渴望被信任

但不是要来的信任

可人就是忍不住回头去要

要了又不知要来做什么

重视感受的人会找到答案

因为答案在诚实里

你必须诚实地回答你到底是为了什么结婚

如果答案是给家人交代给对方交代

你就是在拥有你不必要的东西

如果自己也想结只是不知为了什么的话

你就只会照本宣科面对婚姻

也就是前人怎么做怎么想你就照单全收

不革新也不叛逆

长期拥有会让人忽视拥有

更可能把自己从拥有者转变成管理员

只是保护这个拥有

没有感受这个拥有

少和多

怎么斟酌

就是熟男熟女内功展现的时候

B▽35　失业之后　诚实以前

中年男人的转业或转弯比想象中还要凄惨

很多已婚的中年男人在失业后

仍每天准时出门像从未失业般

他到底是为了什么

是因为怕老婆知道后过度惶恐

还是认为老婆除了给他压力并不能给予什么实质的帮助

承认失业为何那么难

男人到底在逃避什么

会不会男人总是把性能力当做是他身为男人最起码的尊严

没法准时把薪资带回家的痛苦

没法给孩子当靠山的失落

甚至还要去借贷再把钱假装是薪资拿回家

白日如游魂般于城市闲逛

排在一群年轻人里应征新工作

中年男人的转业或转弯比想象中还要凄惨

有位女士就问道：男人为什么不说实话呢?

这就是问题所在

如果女方听了实话以后不会过度担心

不会制造争端

甚至能心平气和共同想想解决方法

那为何不说呢

会不会女人总是说一套做一套

一听到老公失业

第一个反应就是竖起全身毛发心神不宁

然后不断地问十万个为什么

光想到这些画面

男人就可能继续像驼鸟流浪在家以外的世界里

所以

命好的男人在事件爆炸前找到新的工作

命不好的就会有以下可能的境况

他会因为要维持一个表面的假象而频频犯错

为了借钱付了他付不起的利息

为了解除压力而染上不好习惯

会变成忧郁症的高危险群患者

暴力倾向增高

和家人的冲突日益频繁

容易和愿意给你感情慰藉的人发生关系

虽然这可能是更紧张的关系

一连串的失误接着变成一连串的相关人受困

也许女人会觉得这男人可恶

这可能是继传统社会给母亲不人性的期待后

对男人的另一个残酷的压力

男人的苦

有时候很像是一只蚂蚁游走大马路

突然一场大雨

绿灯后行人过街

孩子利用面包屑引诱……

都可能把它踩扁

蚂蚁跟老天抱怨有用　还是我们应该团结起来

夫妻遇到压力过境时

先让彼此得到放松

不要在火在线争功诿过

真的不能原谅对方那就拿出勇气分手

千万不要在孩子面前不停地数落对方

你是想让一切回到原来的温暖

还是将对方判刑

生意人在商场上的风险分散可以提供借鉴

真要是经济快垮掉前

先分手

先保护孩子的平静

让老公能冷静地处理事务

不然在双重的重压下

人不仅会无法再站起来

有可能连活下去的力气都消失

B▽36　男人的机场吸烟室

当烟蒂如阳痿般落在地上　烟灰缸如何摇头叹息

对于许多男人来说

机场的吸烟室是个很重要的man's talk的地方

看着降落的飞机

待飞的飞机

起飞的

男人们沉闷地抽着烟

不带什么言语

偶尔有女性进来

也只是惯性瞄她

这是个男性的私密空间

代表一种不人性的男性尊严

你看这一口又一口的沉重叹息

无声吞吐

这领带打着的心情死结

一根接一根地耗损生命

牺牲也是男子汉的另一特征

别说只有女人做得到

男人和男人

女人和女人

交心只是一种政治手段的模拟

一厢情愿的杀时间

相信最好程度相当

不然只要一起抽烟

吞来吐去

别真吸

吸到肺里

会痛　会咳

不是硬要分类

不分最好

这是个人性考验的斗智世界

傻瓜会获胜

来自于聪明人自掘坟墓

非吸烟势力的扩大也让人疯掉

你说这怎么行

这怎么活

当烟蒂如阳痿般落在地上

烟灰缸如何摇头叹息

B▽37　要人情

感情太稠密　就会阻塞人性的血管
越是华丽闪亮的情感　越可能是供需都极端的表现

有些中年男人很会要人情

先做大礼人情给你

要你崩泪感动

这礼呢就会像存款一样

在你心里开了户

等累积到一定额度的数目

他就会来跟你要相对的人情

他不一定会占你便宜

而且大多不会占你便宜

他能指使你的心智为他的人生撑腰

没有慷慨在先是一点可能都没有
所以这人情说的是拿人手短的故事

要得好的人情
是能温故又尝新
虽然这些人情大都陈腔老调泯灭人性刷净尊严
比如要你在众人面前谎骗
你老妈是他慷慨解囊襄助捡回一条命的英雄事迹
比如他酒驾撞死人要你儿子去顶
之前五百万的债就一笔勾销了
比如明知道你们全家挺A军偏要你大声嚷嚷挺B军
导致你难受的原因在于他的手法七扭八拐
只是要你报恩没要你还实质的东西
他凭的是有更大的诱惑来考验你的人性底线
如果这是他跟你私底下的请求
没人知晓其中的阴谋背叛的话
你从不从呢

当然也有轻度的人情
比如要你让他的孩子考试成绩过关
比如安排友人的孩子和某艺人后台合照
比如安插自己人进某职场
这种看似随手功德的小事

就是在瓦解你原本做人的高度标准
你本来不会这么不公平不道德
不会那么随便就让别人在你的人生走后门
让别人在你的心智上下指导棋

要你为了他曾经夸口说张惠妹和他熟到透了
所以让你去冒着被开除的险利用工作之便放人到后台
然后再编一个他是赞助商老板表弟的谎跟艺人进行合照
以为是天衣无缝贪到便宜的心机
也正能证明这个人情已改造你的心灵
突变成功

一个愿打一个愿挨
就是资本社会最常强调的供与需
不该收的人情收了
不该要的人情要了
那些喜欢当大哥的中年人最清楚义气其实是人情买卖
只是他们把这人情包装成义气
我对你好
好到让你依赖并敬畏我
所以有大哥当然就有一堆小弟
有要买人情的人当然就有要卖人情的人
周旋在这样的气场

人的价值被严重扭曲

你以为你们情义相挺

这戏的悲哀就在两个笑里藏刀的人要互相拥抱

下次某中年男跟你说

兄弟间谈这做什么

你最好跟他说

兄弟间还有什么不能算的

感情太稠密

就会阻塞人性的血管

越是华丽闪亮的情感

越可能是供需都极端的表现

B▽38 持久

习惯和持久可能是一线之隔　跨过去就是不再回头的陷入

什么东西需要持久呢

电池　友情　爱情　亲情　梦想　健康　良好习惯　储蓄

还是男性的性能力

而且要多久才算够久

是单方面个人的满足

或是更该重视相关人的期待

吉尼斯纪录最爱玩持久的游戏

比如看谁能接吻持续最久

比如谁把头发留得最长

凡是比赛大都在争高分

而这些高分都需仰赖持久的努力

当然也有因持久而铸下大错的
比如酗酒吸毒偷窃贪污等等
这些因持续而养成难以戒掉的习惯
提醒我们习惯和持久可能是一线之隔
跨过去就是不再回头的陷入

然而从字面上
持久就容易给人好感并受鼓舞地想要加入这看似强大的团体
好像这么做就可以和努力向上恒心负责扯上关系
好像就得到一面众人赞许的奖章
不问为什么要这个持久
不想可能会有什么后遗症
就像很多人结婚一样不问原因
只是受着隐形的威胁影响
把事情简化成愚蠢
一股脑地追求数字上和社交上的满足
不问自己辛辛苦苦坚持的是什么

只求久

不知持

长久就可能变成存在银行却一辈子都花不上的存款

你还得意洋洋地并更加卖力地持续这股力道

但家人并没有因此受惠

懂得花钱和只懂赚钱不花钱的警语在于

花钱也需要学习和累积经验

才能让钱得到最好的价值

B▽39　甜蜜时光

中年的已婚男人有一道心锁
所有锁住的话语其实都是曾经共度过的甜蜜时光

两个中年男人在晚餐时喝着闷酒，因为两人都和太太吵架了。

"像我这么常出差的人，每次回到家，都很想跟我那宝贝女儿打个招呼拥抱一下，还没走到孩子的房门，就会听到太太从厨房狮吼道：'不要去吵她，她功课还没写完。'功课！功课！她的眼里只有功课！"

另一个一听，仿佛找到失散多年的兄弟，也赶上说："我也是啊！我的小孩才小一啊，周日我睡迟一点，孩子都会跳到我床上黏我。我很享受床上一家人闹在一起的感觉，可我太太跟你老婆一样，她也是说赶快去写功课，待会要去补习了。"

"很扫兴啊！"两人不约而同地说。

扫兴的还不止这一桩，像老公提议一起去看电影，老婆就会说没心情，有那种心情不如帮她去拖地；像是提议全家出外用餐，她也会扯到上次老公提议去吃的那家有多烂；有时压力过大不想做那件事，他打起精神去做，为的是怕老婆怀疑他外面有女人……步入中年的已婚男人有一道心锁，这锁是个哑巴锁，所有锁住的话语其实都是曾经共度过的甜蜜时光，青春期对未来的幻梦，热恋期对爱情的赤忱，结婚时对诺言的计划，只是，这些实践后的感受竟然变成完全不是那回事的无言寓言。

寓言说的是一棵树和一只鸟相恋的歌：
你是那么轻盈可爱，上上下下，像个好玩的小孩。
我是那么坚定实在，即使落叶，也是站得那么英挺。
朋友说你是鸟，我是树，你很彷徨，我很孤独。
朋友说你是鸟，我是树，你怕停留，我怕付出。

也许婚姻就是一场从来没想过"为什么结婚"而造成的迷惘，就像我们在学生时期经历的上千次的考试，只知死背，只知得分，只知遵从。

"是啊，我觉得我现在只是赚钱的工具，除了按月'缴械'，我在她心中，看不到一个活生生的我的存在。"其中一个忍不住说。

"说是，也不是，为什么我每次这么想，就有一个声音会跟我说，老婆很辛苦啊，立刻让我觉得我不是人。"

两个中年男人酒后吐真言却不能尽兴，那种紧紧抓住他们胸口的力量，也许就是我们传说中天长地久的爱。一个小时后，这家店就要打烊了，他们会一起走路回家，在那条走了十多年的老路上，想必他们会这样对话。

"你是为了什么结婚啊？"

"不知道？那你呢？"

"我也不知道！"

B▽40　第二春

原来，只有认真热爱，人才能创造自己的春天和事业

四十五岁的小陈失业一年半年了，他不想让太太知道，他每天照常出门，带着太太帮他准备好的午餐便当。小陈相信自己在三个月内一定能找到工作，但接连的失策和全世界金融海啸让他希望落空，于是他找到了一条新路。

半年前，他看到一则国际新闻，一位五十八岁的日本男士，靠拍限制级情色影片找到事业第二春。日本的情色市场分级细腻，这位先生是老夫少妻题材的天王级演员，在日本分级情色片是合法的行业，演员都是受政府保护的纳税人。这新闻另一新闻点在于，他是瞒着家人干这行的，由于家人都很"宅"，他觉得没有必要告诉他们，因为会让他们慌张担心。

小陈很理解这位先生的隐瞒，他现在虽没有工作，却也有个见不得光但收入不错的工作。他在很多大学院校的美术班，担任裸体模特儿。他是在一次很意外的机会接触这一行的——国小同班同学在大学当行政总管，在去年的同学会上知道他失业了，特别帮他安排的。小陈原以为是玩笑话，他又不帅，虽然体格精壮，但毕竟是中年男人了。同学跟他说明这是正规的工作，他们不是以选美的标准，会以真实人生的角度去选择，各种身材都可能入选，不过会请人帮他受训一下，还是有基本的规矩。

就这样，他干了半年了，每个月的收入跟原来的工作差不多，但多了很多时间。他利用闲暇，健身和研究食养。当了模特儿后，他自觉性地注意自己的体形，他不想失去这个工作，他想把它当做是自己事业的第二春。他的理由是，他会失业是因为他以前从未认真去爱他的工作，他总是应付，很容易就疲乏，所以跟主管一言不合就辞职了，沉不住半点气。现在这份工作，需要极大的勇气来开始，不能让亲朋知道，因为不能没有这份收入，他积极对待，也从排斥转为热爱。原来，只有认真热爱，人才能创造自己的春天和事业。

也许再过一段时间，小陈就有勇气跟太太说了。

B♡41 未来的预告片

记忆是需要缎带打个结当成记号的
不然人的一生那么琐碎　你会记起谁

到了中年不常见面的老朋友
只有在关键时刻才能碰得到
比如死亡

获知他得病是从某社圈的同行口中得知的
为了不和一大圈不熟的人一起探病
我选择了一大早的时段
根据我几年前住院的经验
病人都是很早起的
因为早上八点左右要不是送早餐来

就是护士要你吃药量这量那

最主要的是主治医师会带一大群学生

把你当教材指指点点然后走人

上午九点同行果然都还在睡梦中

单人病房内除了他的家人

就是病容憔悴的他勉强笑了一下

我第一句话就说：你看吧都是不吃水果的下场！

气氛一下子就活了

一旁的妈妈笑着点点头

因为她是纵容他从小到大不吃水果青菜和白净水的帮凶之一

进病房前他的妻子告知我他的病况

大概就这个月了

看着他的妻子一边哭一边颤抖

我在想：如果我是他，在最后的时刻里，我会做什么？

在这因病而碰面的时刻里

再怎么逗人开心的话语

都更勾起伤感的现实

听到他家人说每天都有很多人来看他

大家一律地把沉重的气氛带过来

这些中年男人朋友大都不擅安慰

话题总是重复

他还得打起精神让他们不要太担忧

不过我问起了他的两个刚上初中的孩子

基于不想让孩子看到他现在干瘪的身形

宁愿他们对他的记忆是美好的

所以还是对孩子隐瞒病情

我提醒他不要低估孩子的坚强

但他还是很坚持

事后我单独跟他的妻子通电话

才发现全家人都很驼鸟地逃避遗言这事

眼看他越来越衰弱家人就越不忍心跟他说

问他是不是有什么未了的心愿

再加上他是个铁汉型的人

于是我又自告奋勇冲上火线

其实那阵子我也在低潮期

正为失业所苦更为未来所虑

每次去看他都带着同病相怜的心情

人一想不通就很容易绝望

所以我说：我想单独跟你谈一谈

我一开始谈的是我的处境

我告诉他我失了业也在上周离婚

早晨的病房白得闪亮

好像没有一点灰尘似的

护士进来帮他量体温

护士没有刻意的安慰

一切如常地进行

好像没有惊动他可能在本月内过世的真相

护士走的时候说：别太累，找时间休息！

可见每天有很多人来探病

他们都是午后才会醒来的一群人

大家愁着眉乱讲一些重复又不好笑的往事

病人很累地看着这些还能在世上活着的人

没有谁能在这时刻帮他打开心灵之门

或许从一开始到现在他们就从未在心灵上有过信任

他有话要说

但也有话不能说

就像寿命将尽的国王的遗嘱

我问：你有什么心愿要交待的吗?

他看着我

没说话

然后摇摇头

当然这个回答他早就准备好了

能说的他一定会用他接受的方式处理

不能说的或许就是他给自己准备好的遗憾

但我提醒他对于他无法参与的未来还是可以做一些事

比如明天早上我拿一台家庭录像机

对着镜头我们来录一些画面

假装今天是你的孩子要小学毕业了

你会给他什么祝福语呢

然后国中毕业　高中毕业　大学毕业　结婚　生子

当然也可以给你的妻子　妈妈　姐姐或者谁

他边听边忍着泪水

也许他的感知已听见自己可能会说出什么话

明明知道家人也在最后时刻等待他的一声回应

他竟然不知如何为家人解忧

记忆是需要缎带打个结当成记号的

不然人的一生那么琐碎

你会记起谁

打从他做了这件事后

我和他一起得到救赎般忽然有了新的局面

他如预期离开人世

我也遵从命运转到另一个区块

虽然我不知道他对家人录了什么话

但他好像因此在未来延长了寿命

未来的历史还会出现他

以特别来宾的身分

让他的家人和我都充满期待

B▽42　第二个人生

第二个人生，是第一个人生的总结和反省。

在一次中小企业的某商业研讨会，说穿了就是能拉拢生意契机的有条件团体，我获邀前去演讲，题目是"第二个人生"。来这场合的人大都在五十岁到六十岁之间，均是社会白领阶层，人人几乎穿上制服般的西装，连颜色都只在灰、蓝间。这个族群其实是所有中年男人中压力最大的一群，别看他们表面光鲜，有不少人的公司都濒临周转不灵，他们来这里是想找生意做的，假藉这个团体的公益之名，人人脸上漾着慈善的笑容。

演讲一开始，我就点破在座的人，其实都到了男人一生中最后爬坡或折回的转折点，因为人在三十到四十岁间所创的功和造的祸，都是要在五十到六十岁间收拾的。而这年纪的最大优势，就是你累积的人脉资源，这都是你一点一滴花了时间也投入金钱与心力储存的，所以不必不好意思，不必戴上什么好人面具。

第二个人生，其实就是第一个人生的总结和反省，这也就是人在十多年求学路上，为何要分成国小、国中、高中、大学一样，每一小段的人生里，如何调整方向、收放行李和寻找新目标。做人跟经营企业很像，错误的计划要懂得放弃或改善，不对的人要懂得切断或换置，长期不能获利是否该停止合作关系。一位企业家，尤其是男性企业家，因社会的期待和传统的压力，都不太能在这年纪面对实质的缩编或止血，也就是说，他会拖着第一个人生的包袱，一错再错地往下走，像个灰色英雄，走到不忍卒睹的尽头。

那些赚大钱的中年人也不见得好过。他们转过身去，看到自己内心的暗室，可能也是家族钩心斗角、夫妻感情表里不一、不信任人、自以为是的孤单，没人敢跟他说真话，没人听过他的内心语言。

怎么走进第二个人生？首先就是先跟自己问好，问自己感情满不满意？心灵空不空虚？事业要不要新的学习和交棒？朋友的名单删删加加的时间是不是到了？像新生报到的学员，不必要保留过去任何的人、事、物。记住，这世界没有你并不会有任何影响，再舍不得分开的人失去你也不该天崩地裂，再大的企业消灭了只是呈现它该有的下场。你的新生靠的是你和过去的死气沉沉终于肯说出"再也不见"！

B▽43　零下二十度的跨年夜

跨年夜冷锋骤降
对跨年节目是添节庆味　对穷人可是雪上加霜

不管酒喝得再多　心还是冷的

长期处在现实的残酷　每一阵寒风都像挑线的针

把缝在喉咙里的心事一口口倾泻而出

他喝了一瓶半的白酒了吧

不胜酒力在此刻没有警戒线

同桌的几位友人有来自北京、成都、大连

他则来自台北

一桌不得志的异乡人聚在天津

回想往日时光　生活再苦　都比现在充满力气

为何呢

成都的那位说：老了，前途只有养妻养女，没自己了！

大连的才二十二

他说：一个月才攒六百元，外地人没法定工，前途是穷！

北京的还在找工作

他是躲债来的

其他人不知

吃着麻辣的串串香

小店人烟沸腾是个温暖的景象

跨年夜冷锋骤降

对跨年节目是添节庆味

对穷人可是雪上加霜

他想起老舍的骆驼祥子

沈从文边城里那位为情疯了的翠翠

巴金爱情三部曲的吴仁民

吴仁民说：爱情本来是有闲阶级玩的把戏

穷人的辛酸被揭露得太少

生活的光明被歌颂得太多

怎不叫天王天后来过过我们生活的牢

那种黑冷对照出的灿烂

那种始终不变的牢骚

那种不得不低头的沉默

大文豪都写过
但都太轻描淡写

他又干了一大口：
我最惨，我过不了一个月六百的工资，六千也不够。妻儿与我已
如隔世，我弃养他们够久了，现在我失业，身上的钱是从最后离
开台北挪用公司的公款，我的前途就只到把钱花光，不过，也快
尽了。

听完　吐尽　无声

毫无办法总是最后的办法
潇洒大笑最能化解掉尴尬
翠翠此时又回到疯了前的纯净模样
她那夜莺似的歌声
为他唱出了希望
祥子来到他左边
雄赳赳的汉子
刚上工时的勇壮
而吴仁民还在革命热潮里
大家都回到美丽时光

原来生命的美好只在人生某一段

不会复返

他开心地又喝了一口

心想：能跨得了这年

就能继续往下走

穷人是世界的多数

不该寂寞

不如意是命运的捉弄

你也可捉弄回去

现在得意的人不知得意的下场

不敢得意却可得意的人又太兢兢战战

错失快感

人人不好过

天天是非多

这就是过活

翠翠啊　你那么坎坷还不是过

祥子啊　你那么背还不是过

吴仁民　革命已经完成　你也该开心

演完这角色

任务达成

风光的巨星为何坠楼

时间的图书室大家要多逛逛

这不是钱的问题

这是梦的问题

你不给自己

一切将会死寂

所以 ha……ppy new ye……ar

残破的字句

夹杂在鞭炮声里

你一语　我一语　几亿人口

跨年　一起打气

手记五

看得太少的人请闭嘴

小生能力不是能力
是孔雀开屏不能没有的美丽

B▽44　脆弱又硬挺

它不好，整个生命都会倾斜；它焦躁，整个身体都会起毛球。

如果你真的爱男人，真的想跟男人长久同居在一起，对于他的屌，你不能一无所悉毫不在意！

不在意有可能是因为传统不许女人太在乎屌，好像这么想就变得淫荡，好像越对屌无知就越圣洁，都二〇一〇年了，我还是感觉到很多女性，甚至是男同性恋者，仍会把屌的独占性看成是最忠贞的爱。这种观点的腐朽处在于，就算你的男人不再和别人做爱，也不表示他想和你做爱。万一他真的不想和你做爱，也不表示他不再爱你，他只是觉得你们的性爱太无趣了，不知怎么改善，但无损他和你的感情。

这就像你和你爸爸，你乐意照顾他并和他住在一起，但不见得想和他去看电影一样。两个人不一起去看电影，就解读成感情不好，这不是很蠢吗？

蠢的还不止这点，很多女性根本不知道有些男人的屌不合自己，所谓不合，是指不合到要分手要离婚！有些妻子是因为老公的尺寸太大，每次做爱都太痛，而不得不离婚！如果有人说这是大惊小怪，性有那么重要吗？我就肯定指出，说此话的人正是个伪君子，连自己的欲望都不重视的人，怎么会有真感觉？怎么会尊重人？怎么会对屌有健康的态度？

看好！这屌可是生命的始作俑者，它有长有短，有黑有褐，有胖有瘦，有软有硬，有美有丑，有脏有净，有病没病，有弯有直，有劲没劲。屌很像火山，有眠火山，有死火山，有活火山，休眠可能是心理因素的压力或无欲转念，这样的人有人修行去了，有人靠着药物持续隐瞒另一半。死火山的问题通常来自意外伤害、年纪到了、慢性病拖累、毒瘾酒瘾或者自宫，死了，有关男人的问题也少了许多，可见它有可能是男人麻烦的制造者。

说起麻烦，屌还真像个人，孩子时期又天真又纯洁，青春时期又好动又好奇，入了社会又想进又想出，壮年后又精练又复杂，老了时又安静又认命。每个时期的屌都和那时期福祸与共，它是窥视幸福刹那光影的钥匙，也是启动欲望电源的开关；它甚至是代表鄙视女性的令牌，它既被重视又被贱踏，上不了光彩的台面，总是被以肮脏看待。这也显示人性的虚伪是千年不改的，为了把别人压制下去（权力真的会腐蚀人性），一下几近跪求地把屌含进嘴里，一下又把屌说的像是道德的毁灭者般，大家都知道毫无道理，但大家都像阳痿者般垂头丧气地冷漠路过。

可上帝又给了这么不堪的人间一道密语，有些屌看起来不大，但勃起后很大；有些看起来很大，但勃起后并没增大多少。这个密语也许是为了破除人们对巨屌的盲目崇拜，虽然它仍是以大制大。这个密语的关键词是"变化"，而非大小。能变，就表示它是活棋；能合，才是完美。比较的下场是让两个相爱的人争输赢。

人们自我感觉很屌，不论谈的是什么，都要是真材实料。可见屌是不能骗自己的，它是男人的心头肉；它不好，整个生命都会倾斜；它焦躁，整个身体都会起毛球；它可以训练成家犬自己大小便，但要小心它成了机器；它不一定喜欢见人，很多宅男觉得独处反而更能自在。很多男性，不管已婚未婚，宁愿自慰来寻求解放，至少单纯些，而且也不会无趣，很多进步的辅佐用品、影像和网络都可帮忙引路到天堂。

人生是这样的，越是牵扯，就越纠缠。想对人相信，就会引来怀疑；想对爱负责，就可能误解了独立；太想掌握人，往往被人掌握。做不到尊重，才会以爱之名行监控之实。

于是，屌在这么两难的时空中，从来做不了自己；

于是，屌有了既脆弱又硬挺的两个极端；

于是，人和人的情欲总是痛并快乐着。

B♭ 45　管你戴不戴

爱就是可怕的病菌　这病菌会破坏你的中枢神经
让你失去掌握平日自己给自己定下的规定

保险

怎会保险

我们都知道保险套不是那么保险

而且问题还不在套子上

是在"险"这个字上

是什么让你觉得有风险

怕生了孩子吗

那又为何有那么多男人女人的第一胎都是意外得来的

他们为何那么敢冒风险

当你问他们难道没戴保险套吗

他们也都说有

只是有一两次没有

可见大家都是很敢冒险的

就算会生了个孩子

就算因此要结一个你还不确定要结的婚

就算你要改变生活型态

就算超过你的负担

就算失去了单身的自在

就算还不想被依赖

就算一直都不喜欢小孩……

如果你要把这种出轨的行为解释成是爱的话

那这爱就是可怕的病菌

这病菌会破坏你的中枢神经

让你掌握不了平日自己给自己定下的规定

那些保护自己的防线被一一拆除

那些自以为是的付出你认定是幸福

你变得非常肯负责任

你当然就因此变得更有能力

你根本已认定自己是一部伟大电影的主角

你会拿掉保险套

对着镜头跟观众说：

"亲爱的，不要担心，我会负责到底的！"

于是男人自导自演了他自己的真人实事恐怖片

原来恐怖片的恐怖可以透过爽快来提味

眼看戏里两人翻云覆雨到最高潮时

男人突然想到每个月要缴的房贷和被银行人员逼追的画面

你说恐不恐怖

女人有了小孩会担忧跟老公有关的事最主要的还是钱

因为感情她会转移到孩子身上

女人跟男人要扛的压力大都不同

但不表示男人扛的比较少

在这件事上比较是没有意义的

可男人的苦很少让人知道

其实太太的苦

先生绝对是第一个会在乎的人

你以为男人是为什么想结婚吗

他是为了证明自己有能力去让一个女人永远舒适满足
他要太太永远保有那个简单的童话
他只是不知道完成这个愿望需要准备什么东西
可能会遇到什么挑战

男人那么不爱戴保险套
女人又想不到让他一定要戴的办法
于是我们有了这个世界的人口
唉　你还在戴保险套吗
保险套给你什么感觉呢
是好朋友还是讨厌的伴侣
如果不想再生孩子为何不去结扎
很多不做的事的背后有很多我们不敢面对的意图

那天看了部电影
电影里有一幕女儿问老爸：你身上有保险套吗
爸爸已多年没跟女儿相处
是前妻去世他才把二十岁的女儿接过来住的
但没想到女儿会把男友接回家过夜。
他说：我没有

女儿就回道：那我就不戴保险套

这个爸爸跳了起来：有，我给你保险套

从这个故事我们可以知道

新时代的保险套问题已经是这么回事了

你可不要还以为是戴不戴的问题

你只能管你戴不戴

管不了别人戴不戴

不然你就会是个惹人嫌的中年老男人

B♡46 看得太少的人请闭嘴

看得太少请闭嘴　不要因见识少而自以为圣洁

如果有人出版一本一百个各种中年男人的裸体写真集
你会想看吗
你觉得这样的书代表什么意义

有人说中年男人有什么好看的
肚垮蛋垮胸垮精神垮
如果真是如此
是不是你对中年男人已无欣赏能力
这若是警讯且你身边就有个打算长久相伴的男人
那你往后怎么跟他走下去

男人的裸体看多了的好处是

你才知道你喜欢怎样的男人裸体

你不会一见到裸体就大惊小怪

你会更自然地接受男人的裸体一如和花草的相遇一样

你不会把男人想成某部分就是很龌龊的可能

你才会真的爱上男人的肉体

一个过度解读男性裸体的地方显然进化未完成

把肉体当成不可告人的私密文件

自己没有健康的心态又要占为己有感到羞耻

何等矛盾的自我折磨和设限

当新闻节目播出一群女性在疯马酒吧看裸男跳钢管舞

这讯息告诉我们男人裸体不再是深宫里阴森的宝贝

女性可以开心地观赏

男性可以专业地表演

真正的两性平等就必须以此为基础

这点就要向小孩学习

不以欲望为羞耻才有资格谈论羞耻

所以看的太少请闭嘴
不要因见识少而自以为圣洁
什么好脏啊很丑啊
最好一辈子不碰男人
男人的身体不能给不懂得品味的人享用

B▽47　下半身思考谬论

明知道他以下半身思考　还要把他导正
根本是自欺欺人

很多女人包括男人都会说男人是靠下半身思考的动物
当然他们都是指男人在感情和情欲上的习惯动作
可这是什么鬼理论

会这么说并赞同的人只是一种情绪的发泄
言下之意只想对男人鄙视
而有些男人赞同的原因不过是头脑简单
或这类人真是以下半身思考
一竿打翻一船人的比喻当然不合理

真是搞不懂
下半身的事
为何要上半身一起思考？

男人真要都以下半身思考

那么女人跟男人在一起就不要抱怨

明知道他以下半身思考

还要把他导正成用爱或用心思考

根本是自欺欺人

有方法吗

还是说这话的人才是以下半身思考

男人的下半身一如人间

面对的可是真实的肉体

你要怎么满足人间的种种际遇

这些肉体又怎么和传统及情愫与道德纠缠

真要能做到纯粹下半身思考

才是上半身该好好想的事

女人说这话的背后其实隐藏了个复杂的小孩

她想要这份关系具有独占性却不知如何办到

又要以单纯的小孩形象来做包装

并污蔑下半身的行为是不用大脑的

这样的动机何等幼稚又满腹心机

真要能单单纯纯地搞定下半身

才是人最初感受良好的渴望

只是太美好的事会让人贪心地想要持续拥有

所以真爱就瞬间消失

不再出现了

接着你就会把前人说的自己想的时代逼的全都放进来

这就是看不起下半身思考又太重视上半身思考的虚伪

美好的事情

是要靠回味来珍藏才能天长地久的

拿到现实里来争

真不知能争到什么

B▽48　不行

男人还好遇到了壮阳药
于是他们可以迟些时候再跟老婆坦白：是的，我不行了

那天碰到一位电台业务高手

他说光从中国历年来下最高广告量的产品排行榜看来

一定会怀疑中国女人怎么那么多平胸

中国男人怎么那么多阳痿

因为前两名的产品是壮阳药和丰胸药

很多男人在年轻的时候

没分寸地喝酒

没止尽地熬夜

没休息地玩耍

没想戒地抽烟或酗酒……

以上任何一项出问题

都会让你在四十岁以前就没了性能力

也就是说

突然有一天你会发现早上起来自己的老二不再硬邦邦

还好女人在婚前都不知道

这个高手说：不然谁要嫁这样的男人啊？

专家指出越都市化越繁忙的地方压力就越大

压力是性功能障碍的最大起因

怎样才能放轻松呢

少生一个孩子至少省下上百万

把买房买车的钱拿去旅游不是更快乐

轻松的方法我们都懂但为何能做到的人那么少

是因为结婚的关系吗

觉得婚姻把你压得喘不过气来

还是你已经认命了

而且你也不觉得你有能力改变这现状

男人还好遇到了壮阳药

于是他们可以迟些时候再跟老婆坦白：是的，我不行了

有很多男人会在第一次服用壮阳药后就被吓到

从此不敢再吞壮阳药

这种人大都是因为无知

因为不知道要有用药知识

他们随着自己心理感受测量

他们会对自己说：我一定要让她很爽才行！

所以男人就豪迈地多吞了一些

于是造成脸红心悸结果什么都没做就怕死了

不过更令人值得注意的是

男人第一次拿到壮阳药的方法是有哪几种

不是每个男人都会大方地跟朋友说：嘿，你有壮阳药吗?

问了不就承认自己不行了

不就所有人都知道了

所以他们会寻地下管道搜索

所以有可能会走很多冤枉路

总是像个小偷似地暗地行走

这些药的广告总是夸大淫荡

在深夜的电台或坊间的小广告栏

不时提醒世人男人那个不行的地狱景象

这些广告会把整个时段包下

以虚构的节目访谈方法进行广告

节目中一定会请一对老夫妻

老公说：自从我服了这个药以后，我老婆脸上就有潮红，而且……

比较湿了

可怕吧!

我说的可怕不是他说的那些露骨字眼

而是这个社会怎会这么毫无人性

不断地给男人那么多的现实重担去扛

还要他们不能不硬起来

唉

难怪有那么多男人会阳痿

B▽49 行李寄放处

年终的行李　拍卖会时刻　相聚终须一别

每个车站都有行李寄放处
但平均有百分之三十并未取回
那些被遗弃或忘了或因主人猝死
种种原因
不知何去何从的行李
并非都不珍贵

问了某大城市任职行李寄放处
长达四十年的储先生
他印象最深是十多年前
一位中年贵气妇人的行李
那天是除夕

妇人还来回确认行李

走时还强留红包给他

内有一千元

他推辞不掉

至此行李不再取回

一年后依法拍卖

才发现内有一百万现金

另外凡你想得到的

动物　植物　礼物　废物　赃物

大的　小的　重的　轻的

坏的　漏的

不要的（曾有人用行李装了一大包垃圾）

过期的　不知是什么的

都是储先生办公室的长期住客

问他怎么对待这些行李

他答得妙：安静好过家人　神秘如同爱人　只是都是客人

最微妙的是那些主人

每个没有来取的缘由都令人好奇

因为发生意外　因为忽然出国并不得回国

因为不想拥有　因为失去记忆

因为想送人　因为它已不重要

因为下雨　因为旧情人来访

因为养的猫跑了

因为不知原因

让这里变成一个家园

谁是哥哥　谁是爸爸　谁是暂时的房客

谁爱谁　谁配不上谁

有旅行团来访该怎么办

离开要不要惜别会

尤其年终的行李

拍卖会时刻

相聚终须一别

最后的标价

毫无意义

感情已指出无价

孤儿的去处

自有安排

生命多变

再添一件

B▽50　娘得好

那些拿"娘"来攻击男人的人请务必注意
因为你不但伤不到这男人更可能引来新敌人
没看过内地的快男选秀也该看看台湾的星光
娘的人已是主流你上膛的到底是什么子弹

硬要把男人用一个标准来统一并用来耻笑别人的恶劣行径

在媒体上仍能看到他们以知名人物身份横行

语调不外乎尖酸调侃自以为聪明

目的就是打倒娘味的男人

侮辱人是好人绝不会踏进的禁区

唯有小人才会因见猎心喜而忘记时代的潮流已不允许他们这么做

毫无道理　满脸刻薄

他们万万没想到他们的言行将为他们竖立一座墓碑

上面会写着：不尊重人格的过时者

娘味男人听到这样的攻击会有什么压力

这要他们自己说

但攻击他的人该想想这样的赢面别人会怎么定位你

原来是个看不起娘味男人的人

原来是会拿这个来搏版面的人

原来他的格调就是这般

原来他是上上上个世代的人

若够man就直率地说出你就是讨厌娘味的男人

为什么娘的男人越来越多

为什么全世界娱乐圈的天王大都有点娘

这不是新型传染病

时代进步的关键点就在让真相越来越能展现

有人会为娘而娘吗

有　但大家都知道是极少数

可见这才是男人的真正本性

可见新一代年轻人的样子就是这款

越来越难以归类

越来越意外丰富

那些老爱以单调的角度看人的人就会否定别人的观点

否定是这类过时者会用的方法

进步的人会尊重不同　欢迎不同　让世界百花齐放

为什么男人的娘味会受欢迎

可见传统里那种制式又大男人的man味并非是最受重视

这man味和美人的美貌一样只是礼物的外包装

如果进去了灵魂的屋里发现对方是个人格不成熟的发狂者

那又能忍耐多久

每个男人基本上都有这柔软的部分

只是传统的观点会不许男人展现这部分

就像缠小脚那么病态的事

还真的在当年实践了

那么多的女人一夕间缠起那"会让女人更女人"的催眠法令

男性的娘的好处是

刚中带柔

这么完美的组合

难怪大男人的人要心生畏惧

不过很多传统男人在私底下或情人面前

是极尽娘之能事

他们会变成小女孩般撒娇

会扭动身体媚态如烟

这暗示我们男人的类型还需深入挖掘

如同女性在职场上展现史无前例的刚硬

怎样才是女人怎样才是男人

能接受异己的人才有资格讨论

娘味男人如何在时代里找到一条被大众平等对待的路

下次若有人再攻击他的娘味

请他慎重开个记者会

最好是国际记者会

所需说的内容如下

各位记者们

请你假想你是我

是个老被攻击我很娘的男人

如果我有机会向全世界宣示

我该有什么作为呢

我以前从未想过我若在这上面有一丁点难受

我的态度其实是可以让不知该怎么办又老被攻击娘的男性的一个
典范

或许我该给那些攻击的人一次提醒甚至反击

尤其是我也感同身受的事

于是在我迟钝又躲避这议题的多年后

我要对男性的娘的处境做个正义的关心和策略

我该有什么作为呢

如果我能在今天的记者会严肃地告诉攻击者

你的行为已如同当年白人以优越感鄙视黑人一般

甚至我要提醒所有人

包括我

不要再畏惧这类的攻击

即使你是旁观者

也建议你挺身阻止

要受害者自己来争取权益非常孤单又艰辛

需要大家帮忙

他们还可能隐身在加害者阵营

大家都是这个不健康的观点的受苦者

能让大家知道受苦者承受着怎样的压力

或许是我首先要做的

这样的攻击会让我觉得我是个次等的人

而且他们能如此大方地公开耻笑

就表示他们并没有我们想象中坚强

他们是仗着一大缸子同观点的人气

只是他们不知道他们这缸子只有极少数人会拿这个来攻击别人

更何况这缸子已越来越小

历史记载着人类的进步

当然也记载了退步

弱势团体代表我们这个社会的良心

你越照顾他们

越能让这世界痛苦与快乐的反差变小

这就是我们活着的人渴望的和谐

渴望被了解与被公平对待

就像我理解是观念影响了他们

他们不是真的恶

是的

我是很娘很娘的男性

我们会好好表现

告诉大家

我们真的很好

娘　真的很好

B▽51　评审

命运才是最终的评审　回归凡间的一瞬间
微微摇着的小草还是那么与世无争

只要是比赛
就不可能有绝对公平的

这个身分你试着穿上你的身体
你可能就能想象你在评审台上
坐在那张大都不太好坐的席位
旁边和背后通常就是现场观众
面对主持人随时会抛过来的问题
怎么说　怎么表情　怎么卖点　怎么平衡
怎么让所有的怎么用几句话表达

制作单位的企制导播甚至会递来纸条提醒你快一点猛一点

演是在所难免

疲态很快就会浮现

当你看到参赛者老是在原地也疲态尽露地表演

你就会在听歌的时候脑袋里一片空白

然后把头低下祈祷主持人不要点到自己

所以会假装忙着写东西

因为不知要说些什么

被点到也只能讲一些空洞又表面的话

比如音准有问题还要把感情放多一些等技术层面的官方统一惯用说法

这不像是一场很没劲的互动吗

很多人会问我当评审有没有黑幕

老实说有

但不多也不会那么明目张胆

顶多是站在节目效果上给些建议

即使是人情压力

也不会像从前那么粗暴直接告诉你谁要晋级谁要冠军

就算有也可以不从

只是大多数的评审都想和气生财

不会强硬到摆出正义使者的架势

实力相差太远还获奖导致观众集体抗议的结果是电视台要面对的

虽然评审就是以其专业和公平服人

但有这种自觉的人毕竟不多

他们会把卖点摆第一

这卖点包含怎么让自己突显

毒舌还是爆料

冷面杀手或是笑里藏刀

真性情和假性情的差别是

真性情常会令人莞尔一笑

假性情则是老套工整

把创意放在损人上

将情绪夸张到失控

那一刻　他会像独幕剧的演员般忘情地投入

不管背景是什么

他将演出他自认可以炫耀世人的智商与幽默

不管说的有没有经过大脑

他一旦被识破一定是因为手法陈旧

连各阶层的人都看出来了

所以有些人会因失言而惹来风波

他们的论调是为了节目效果

实情是节目单位也不一定欣赏这个效果

倘若因他而掀起收视高峰

这也只是一时

因为很容易走火入魔一夕翻盘

再也与评审工作无缘

能受邀当评审通常是资深的音乐界人士

要能说能快速反应能掌握节奏才能担起如此重责

评审也是节目的亮点

他是歌唱选秀的导游

让你知道专业人士的标准是什么

人人标准不同

在很多选赛的后台

这些评审有很多派别当然也就暗地较劲

但不管谁因为什么而受欢迎

评审这个位子是有其基本要求

要有风骨

要有态度

要有专业

要有口德

不是不能骂

但别骂得空空洞洞

不是不能毒

如果电视台　选手　评审三方都赢

演一场浪子被劈到头都低下再悔改振作的戏

只是这拿捏的是人性的分寸还有观众感受及评鉴的高度

评审的综艺味太重就会牺牲掉大家对音乐的信任

评审的说教味太浓就可能引导大家走过时的老路

所以评审在某部分是跟选手一样良莠不齐

有准备不周就来的

有靠着关系的

有漫天口无遮拦的

有的是人来疯

有的爱摆谱

有的前一晚总是喝到凌晨

有的极会讨好制作单位……

这些藏污纳垢的心态

调合了对梦想的纯真仰望

造就了真实又虚假的完美人生

命运才是最终的评审

当规则里面有不规则的安排

当面对胜负时找不到内心的平衡

当游戏中出现了不好玩的桥段

当选手间又是敌又是友的矛盾

当最后的胜利者步上那个会遇到更残忍的挑战的宝座

乌鸦总是在此刻盘旋于普天同庆的天空

胜利是留给第一口吃到肉的狮子

剩下的尸骨

热闹后的安静

回归凡间的一瞬间

那群狮走后的草原上

和风再度被发现

微微摇着的小草还是那么与世无争

B▽52　朋友

朋　黑夜中两个月亮
一个在天上　一个随你猜在什么地方

夏天过去　海滩无人

朋友回到工作岗位

一年中唯一一次不在下班后的聚会

现已成一张张数字照片

随年纪增长　朋友的定义也在发黄

他（她）会越来越经不起考验

随着各人境遇

波折而有陷阱

时而天使　时而魔鬼

是用餐时菜未上前的八卦

喝咖啡的书评

午夜电话的批斗

朋友不能多　朋友不能深

在你未确认前

敌人攻击有限

因双方不会无由长期抗争

朋友毒性最强

因它最常跟你喝茶聊天

很像白开水喝过量

会因低血钠而亡

谁会提防白开水呢

我怀念没有朋友的童年

爸爸严禁我出门

邻居小孩与我不熟

我的朋友是电视　是收音机　是我自己

没有感情问题

没有诚信问题

没有拍照问题

但时光不会复返

故事总有朋友

周华健唱的朋友

麻痹人心赢得掌声

刘德华梁朝伟的无间道

以阴险过人骗取票房

我有一度立志当小人

冲上友情战场

结果没人理我

最后被闹钟叫醒

朋友很温暖

朋友若有难

朋友会背叛

朋友已远行

朋友结婚了

朋友失散了

朋友欠我钱

朋友当红时

朋友新朋友

朋友找朋友
朋友是朋友
朋友已故亡

朋　黑夜中两个月亮
一个在天上
一个随你猜在什么地方
反正只有一个月亮

B▽53　失去与获得

失去　会不会有可能是个陷阱
它让人误以为曾经拥有什么

有时候我们会为失去的一些东西埋怨一辈子

这个埋怨是怎个模样呢

它像是狱吏

把你关在一个房里

让你专心不懈用力纠结地埋怨

所有后来的一连串苦难都算在这事上

你的理论会是"要不是那时失去，怎会……"

当妻子失去了丈夫的大部分

她坚守着怨恨并将自己的未来持续地投入

她想获得什么

一个奇迹还是一个落空

当丈夫失去了妻子的大部分

他坚守着痴情以为这样就能挽回变心的妻子

他把爱想成什么

一场交易还是一个童话

失去

会不会有可能是个陷阱

它让人误以为曾经拥有什么

如果爱像大多数人讲的那么光辉神圣

那就是奉献

奉献就是不求回报

既然是不求回报又哪来的失去

所以不求回报的谎言在爱里已为非作歹好几世纪

它在人快不能掌握全局时会恶形现身

你会说你可知道我为你牺牲了什么

你会说你这样怎么对得起我

你会说这一生只有你负我

它会让你完全以为你是世上最惨的苦主

原来这一场关系里是有债权人的

原来你是个受害者

身为满身怨气的受害者最大损失在于

它让你以为越受害就越值得表扬

就越能用道德置对方于无脸之境

它让你以为获得的都是梦想成真

而看不到获得带来的责任和危险

手记六

你会一直爱我吗

什麼是癡癡去食？

癡癡去食就是——

愛情。

B▽54 你会一直爱我吗？

恋爱时的一问一答都充满迷幻药的味道
迷幻时爱是相信 醒来后才发现怀疑

这句话对很多中年男人来说

是个可怕的咒语

他不再像年少时会觉得这话有多美

这是遥不可及的相信

可在一开始她就要向未来预支幸福

老套的贪婪不过如此

所以当她问你：你会一直爱我吗

她到底要的是什么

她要的是此刻的心安

你说什么其实她都不会信

「你会一直爱我吗？」

答案是……

但她会因为你的态度而高兴

恋爱时的一问一答都充满迷幻药的味道

迷幻时爱是相信

醒来后才发现怀疑

怎么跟对方说

爱是会变化的

怎么说出你的担忧

怕她在迷幻时跟你要天长地久

没错

你此时是爱她的

甚至也想跟她海枯石烂

但你已把这份渴求想成是冲动

你的经验会提醒自己别让对方陷得太快太深

以免让这份爱提早窒息

你若回答我会一直爱你

说者是为了不破坏此时的气氛

但她很有可能就抓住了辫子

很多男人的谎言都是这样被女人逼出来的

也许这篇的内心独白

可以让女性了解男人的心思

知道了男人的在意处

你才可能让男人付出得心甘情愿

不然女性就会和男性一起合力犯不该犯的错

拿爱当诱饵

逼对方说谎

然后再让自己躲进这个谎

又撕破这个谎并判对方是骗子

最后陷自己在不能原谅对方的牢笼里

做个寂寞又阴森的囚鸟

情话就是因为不切实际才叫情话

你会一直爱我吗

说这话以前

先想想自己能不能永远那么惹人爱再说吧

B▽55　爱的胃口

让他在饱与饿之间流连
人只有在这个状态才会感谢珍惜并有需求

女性友人J兴奋地告诉我

她说她照着我的方法实践了以后

男友一整天的嘴角都是扬起的

J和男友已交往了两年

近一年不是处在冷战中就是麻木状态

两个人虽仍爱着对方

却不时显出缺乏互动的僵硬感

上周的一次交谈里

我告诉她一个新玩法

每周只约会一次

每一次一方负责安排约会的行程

并且不得告诉对方

另一方则负责信任和赞美

比如本周男方想带她去香港两天一夜的浪漫之旅

到了机场若男方忘了带护照

女方就说搞不好是老天有更美妙的安排

一个被鼓舞的计划者一定会越来越进步

一个不断赞美情人的人一定会看到情人动人的一面

最重要的是不管发生了什么两人都会心情良好地面对

所以下一周约会

就换女方计划男方赞美

J说以往和男友开车出游

总是一路上争论不休

吵的都是老议题

争的都是小事情

彼此相处的和谐气氛才是出游最主要的目的

这个方法让她和男友有了新的体验

原来快乐之后人和人之间才有看得到对方优点的可能

爱一个人

如果把所的经历都耗在爱他这事上

下场将得不到对方真心的赞赏

因为你完全忽略了要留给对方爱你的胃口

爱他

就把他所有的渴望喂饱

他的感觉将只有很饱的感觉

很饱就会腻

他想吃牛排

你就照三餐给他吃牛排

这是你比较爽

还是他呢

不要以为照顾好男人的日常生活就是至高无上的爱

照顾是管家该做的事

做一个长久的伴侣

你不能不想旅途中可能的枯燥冲突低潮及现实的撞击

前人告诫女性

要抓住男人的心

就先抓住他的胃

目的不是要你为他下厨房

抓住胃口的诀窍就是

不让他饱

不让他饿

让他在饱与饿之间流连

人只有在这个状态才会感谢珍惜并有需求

B▽56 离婚派对

离婚派对 让两人重拾温暖 再启新页 找回信任的友谊

离婚派对上

宾客因从未参加过这种聚会而显得手足无措

该带着庆贺或哀悼的心情

该鼓掌叫好还是默默回味

整个宴会在开场前的步骤与结婚典礼无异

大家都是先收到帖子

只是一到现场

宾客共同的疑惑都写在脸上也终于说出了口

要包礼金吗

一排美女招待员笑着摇头回应

今天不止不用包礼金

每个宾客还可凭帖子拿回一样东西回去

这些东西都是这对离婚的新人的回忆

有相簿　有情侣装

有当初结婚时收到的古董挂钟　有度蜜月买的红酒……

所以一进场就看到了很多展示品在屏幕上——呈现

新人上台前

男方先说出他为何要离婚的理由

他说着他的压抑

比如不能忍受太太凡事都大吼小叫

他也调侃地看待这折磨

比如建议太太不必为他改变

只要下个男人耳朵听力最好是零

说完再换太太说

讲话的内容不像结婚典礼那样歌颂幸福无限上纲的允诺

实实在在地承认自己最底层的感受

好聚好散竟变得如此意外的美妙

离婚派对

让两人重拾温暖

检讨自己

面对现实

体谅对方

再启新页

找回信任的友谊

本来以为会尴尬甚至难过的仪式

因为愿意接受失败而变得动人

在场的每个人也仿佛上了一课

见识到分离也能分到有感情复燃的机会

据说日本的离婚派对已在迅速流行

他们分析

这个派对会让人重新学习怎么善待我们爱过的人

所以派对后的复婚或再谈恋爱的比例很高

他们一致认为分手分得好的人

不论男女都最有魅力

B▽57 甜蜜宝贝

他整个人生鲜艳起来　一如天堂的花园

她是一位超胖妞

每天搭地铁到殡仪馆为尸体化妆

如其他乘客一般

她表情僵硬

回到家也只是躺在床上吃东西看电视

某日她在月台贩卖机买巧克力

机器故障

一位超帅金发地铁驾驶员帮她解困

她立刻爱上他

从此她开始打扮

烫发　高跟鞋　化妆　彩衣

跟踪他

发现他有个企业女强人的妻子

她主动上前邀他到家里吃饭

为答谢那日帮忙

一桌烛光晚餐

从八点等到十一点

没来

她心想又是个骗女人心的男人

满屋子烟熏她也不睬

最后他满头大汗来了

他因临时加班而误点

爱情故事于是大逆转

男主角因她的温柔浪漫而深陷她的情网

对照老是看不起他的太太

女主角让他整个人生鲜艳起来

一如天堂的花园

男主角妻子有天发觉不对

尾随老公全某舞厅

看到外遇对象竟是不如她的胖女人

当场海K女主角

最后一幕
她在月台
买了巧克力
她那张被揍成黑眼圈的脸
对着镜头微笑送出巧克力

B▽58 疯狂派对

黎明到来
掀开人生只是一次经不起疯狂的尴尬

礼堂举行了一场疯狂派对

邀请一些好友夫妇参加

此次派对是提前庆祝澳大利亚劳工党大选获得胜利

晚会由这主题开始

但酒精却渐渐让压抑在心里的欲望

变成偏激的政治话题偷情乱性生活琐事的不满……

最原始的一面看似原始

但交错的原始却更荒唐

不小心听到友人对自己坦承与妻子的外遇

丈夫用更大的谎言为妻子说话

另一个受够婚姻的妻子

当着性无能的丈夫与友人做爱

友人却嘲笑丈夫他妻子没什么特别

男人谈心的角落永远是英雄般的正义交臂

女人一起冷眼看不起男人的空包弹

游泳池四男一女的裸泳

清醒之后是再度喝酒

这样一个夜晚

不断上演越演越烈的假原始兽性及迅速的疲累

还有心灵的杯盘狼藉

一直到黎明到来

刺眼的阳光

掀开人生只是一次经不起疯狂的尴尬

B▽59　男欢女爱

要命的爱情一直超速着
为了追赶时光

一位赛车手与一名寡妇的恋情

小女孩脱下外套躺进奶奶的被窝

她发觉奶奶今晚不一样

她说：你的眼睛好大

奶奶说：看到你眼睛就更大

她又问：你的鼻子好长

答：闻到你就更长了

她最后问：你的牙齿好尖

奶奶就把她一口吃下去了

女儿听了小红帽的故事

导演的画面一直停在女主角的侧脸
海风吹着她的头发
她不停用手拨着
长镜头的海港　没看到孩子
孩子回说：太感伤了
妈妈又问：你想听什么
孩子说：蓝胡子
又是个遥远的故事

寡妇的先夫是电影特技演员
死于工作
男主角是有名的赛车手
所以她抓住爱情时又不相信时间

片中一幕幕如诗的剪接
音乐颤抖地浪漫着

男主角最后在一场危险的竞赛中差点丧命
女主角在电视前差点崩溃

获胜后的通话
男主角忽然挂上电话
从西班牙以时速两百直奔巴黎
连夜　下雨　要命的爱情一直超速着
为了追赶时光

B▽60　相信爱

相信是不能那么没有门坎的　因为爱本来就不能完全相信

这世界到处都在宣扬相信爱

却只是个口号

甚至是个陷阱

因为在这么模糊又这么光辉的助兴下

人人的眼中总是漾着泪光

相信一份大多数人在其中受创的爱

你说

怎么相信才是个好呢

就像我们要去相信一个人

没有一丝了解的相信

没有提醒的鼓吹

你能信多少能信多久

那些轻易就相信的人

靠的是不去想那么多

想了又怎么爱

爱了又怎么想

他们的坚持相信来自于无法不相信

那些最爱把爱拿来当广告的商人和政客

就抓住这支部队

侵略所有人的脑袋

不准反对的声音吭气

不许不相信的人出现

于是当有人说：为什么要相信爱

爱是用来相信的吗

这个人就会质疑被质问被归类是有问题的人

相信是不能那么没有门坎的

人只有知道爱的极限爱的负面爱的困难和爱的矛盾后

才可能在你能掌控并认知的范围内得到有限度的相信
这样的好处是即使你被你的相信背叛了
你也不会把一切的痛苦都归罪于对方
因为爱本来就不能完全相信

B▽61 色情电影院

不被祝福的身份
已如老旧戏院 只能吸引情色的人进来

一家电影院

售票员是位体贴人意的中年妇人

放的是老片

老主顾常和售票员聊天

谈谈天气 新闻 街坊邻居的事

漆黑的电影院里人来人往

好似电影延伸至观众席的舞台剧

另外 厕所也是场景之一

男装女装穿梭

比电影更精彩的人生大戏同时播映

原来这是家同志狩猎的电影院

从教授　议员　工人　流氓　学生

变性人　变装人　警察

他们在光影的变动中

寻找黑暗的眼神交会

等待　暗示　被拒　各种心情杂混

当影片中出现冲突场面

音效也能吸引他们短暂注意

当感情戏的浪漫乐章响起

也会憾动寂寞心灵的眼泪

剧终时

灯光像无情的现实照亮全场

所有的激情都被打断

整衣整发整心

不被祝福的身分

原来已如老旧戏院

只能吸引情色的人进来

B♭62　不能用爱来放下恨

没有清澈的自己　你只会沦为影子

你愿意在每一年原谅一位你不想原谅的人吗
放掉一个人的好处除了不再留时间和心力去怨怼
还证明怨怼是耗时耗情又得不到好处
只有放下能让恨转为收益
连爱都不能治疗恨
因为爱与恨都是麻烦的两个极端
并且成事不足败事有余

放下

你就必须让自己变笨

像当初爱他时一样笨

一旦要想有效又快速的方法

你就又变聪明了

聪明的坏处是不一定有能力明是非

所以用力地忘记就可能用力地记住

放下就是放下

是你把它想得复杂才放不下

像练习晨跑一样

就是一早起来跑

别问为什么

一旦养成习惯

就知道了

很多人觉得用爱可以消除恨

但人的感情会如此纠结就是太用感情

所以爱不但不能赶走恨

还会引来更怪的突变

当然最好能说清楚用爱消除恨的方法

否则这种言论其实是在粉饰爱可能带来的危险

不要想

才能放下

放下不是原谅

有时原谅一个人后

还是放不下纠结

那种原谅是应付给自己或别人用的

放

就是要净空

就是给灵魂断食

重点不是对方

而是如何让自己从浑浊的状态里清澈

没有清澈的自己

你只会沦为影子

难怪放不下怨恨的人总给人阴暗又沉重的印象

B▽63　新一年的新情人

没有结婚的压力或期盼　爱变得无法归属却轻盈可爱

离婚后的第一年

他在除夕夜立下一个计划

他想在新的一年找到一位新情人

以前找情人

总是悲观地以为订条件是没有意义的

因为感情哪能不由命运决定

经过了一次婚姻后

他找到了一个新可能

人会不会因为订了标准后

就会比较积极寻到他想要的情人

他定了两个条件

一是不结婚

一是一周见面不超过三次

他心想朋友若看到他的条件

一定会说他疯了

哪个女人会接受开了这条件的离婚中年男人

女人会把这条件解读成"还是个想玩玩的男人"

他摇摇头

心想既然没有机会让全世界的女人明白他的想法

至少这议题会引发一些新女性的好奇

结果比他想象的要好

很多跟他约会的女性都大赞他的条件

因为她们都是对婚姻怕怕对爱情还不到绝望的熟女

没有结婚的压力或期盼

没有要保持天天联络的规定

爱变得无法归属却轻盈可爱

他很快在第三个月就遇到愿意在一起的情人

有好几次他因冲动而生起再婚的念头

对方也似乎压抑着想婚的情绪

毕竟两人当初都说不结婚的

唉

他就跟他的一位好友说

结婚给人的影响太深了

明明知道婚姻给人的幻梦大都没法实现

为何还想赌赌看呢

新情人在半年后投降了

她承认不结婚给她很大的不安全感

她也知道结婚后不一定会消除这不安全感

但怎么办呢

他问她：如果我还是坚持不结呢？你会离开我吗？

对于这样的问题男性通常无法当面说是

但女性就显得理直气壮

她点头了

这样分分合合谈谈了半年

他们终于分手了

只是后来分的原因是她爱上了另一个人

中年男人又来到了新的一年

他又在新的一年立下一个新计划

他希望在新的一年保持单身不谈恋爱

但可以有性伴侣

他真的想好好休息一年

感情的事真的不要做太长的约定

一年一年来

不一定要找新的

也可以回头看看旧识

以找到温暖的感觉为目的

而不是要什么好看又烦人的名分关系

B▽64 戈尔想和夫人晋升到第二个人生

每一代的婚姻都要更进步
但进步就需要有人把问题勇敢地拿出来谈

媒体报道如下

总是营造完美夫妻形象的美国前副总统戈尔夫妇

在结婚四十年后惊传离婚

震惊美国政坛

大妻俩透过电子邮件对外表示

这是经过长期思考后所做的决定

不知为什么报道这则新闻的角度

都是以震惊来说

我觉得正常的人才会在这个阶段做这样的决定

他们不是吵家产吵赡养费吵外遇吵抚养权吵彼此的疮疤

真的该震惊的是

那些努力维持婚姻关系只说婚姻好的人

因为诚实和有修养及公道的人

是不会因此对自己的幸福展开吹捧

比起克林顿的婚姻

戈尔与妻子的离婚反而让人看到的是延续感情的新法

他可以这么说

我觉得每一代的婚姻都要更进步

但进步就需要有人把问题勇敢地拿出来谈

少拥有 一些
多感受一些

火闌醉如泥之际，
才回到记忆里那段辉煌！

看見答案，思考問題，尋找人性。